Die Geschichte der Wirtschaft

InfOMNIBUS

Vittorio Giudici

Die Geschichte der Wirtschaft

Aus dem Italienischen von Helgard Tortora

Illustrationen von Matteo Chesi, Mario Cossu,
Alessandro Menchi

OMNIBUS

DoGi

OMNIBUS

Der Taschenbuchverlag
für Kinder und Jugendliche
von Bertelsmann

Band 20742

Umwelthinweis:
Dieses Buch wurde auf chlorfrei gebleichtem
Papier gedruckt.

Erstmals als OMNIBUS-Taschenbuch
August 2000

Titel der Originalausgabe:
»La storia economica del mondo«

Übersetzung aus dem Italienischen:
Helgard Tortora, München
Redaktion: Dr. Markus Schreiber, München
Satz / Umbruch:
Veit Rost · DTP & Typographie, Ingolstadt
Gesamtkoordination der deutschen
Ausgabe:
InterConcept Medienagentur, München
Umschlagkonzeption: Klaus Renner
Umschlaggestaltung: Atelier Langenfass,
Ismaning
ISBN 3-570-20742-4
Printed in Italy

10 9 8 7 6 5 4 3 2 1

Inhalt

Die Neolithische Revolution

Bis vor 10 000 Jahren war das Leben des Menschen – auf der Suche nach der täglichen Nahrung – von ständiger Wanderschaft geprägt. Dann begann mit der Einführung der Landwirtschaft und der Zähmung (Domestikation) von Tieren die Geschichte der Weltwirtschaft.

Ein wahrscheinlicher Anfang

Vor ungefähr 10 000 Jahren wuchsen auf den Hügeln Kurdistans in Kleinasien wilder Weizen und Gerste. Die Männer der dort umherstreifenden Nomadenvölker jagten frei lebende Schafe und Ziegen, die Frauen sammelten die Samen der frühen Vorläufer unserer heutigen Getreidesorten. Zu einem bestimmten Zeitpunkt begannen sie, diese Pflanzen auch anzubauen. 2000 Jahre später waren Landwirtschaft und Haustierhaltung im Raum des so genannten Fruchtbaren Halbmondes im Vorderen Orient weithin bekannt und verbreiteten sich von da aus in viele Teile der Welt.

Eine junge Geschichte

Während des langen Zeitraums seiner Entwicklung hatte sich der Mensch durch Jagd und Fischfang und durch das Sammeln von wilden Pflanzen ernährt, die ihm die Natur überreich darbot.

Erst in jüngster Zeit, verglichen mit den fast vier Millionen Jahren menschlicher

VOR 40 MILLIONEN JAHREN

Es wurden erstmals feine, scharfe Klingen aus Stein geschaffen. Daneben verwendete man Geräte aus Horn oder Knochen.

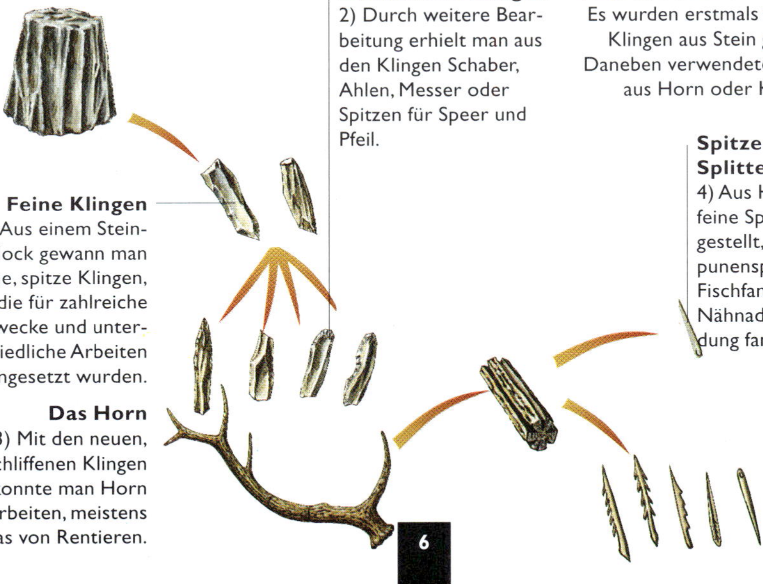

Feine Klingen
1) Aus einem Steinblock gewann man feine, spitze Klingen, die für zahlreiche Zwecke und unterschiedliche Arbeiten eingesetzt wurden.

Bearbeitete Klingen
2) Durch weitere Bearbeitung erhielt man aus den Klingen Schaber, Ahlen, Messer oder Spitzen für Speer und Pfeil.

Das Horn
3) Mit den neuen, geschliffenen Klingen konnte man Horn bearbeiten, meistens das von Rentieren.

Spitzen und Splitter
4) Aus Horn wurden feine Splitter hergestellt, die als Harpunenspitzen für den Fischfang oder als Nähnadeln Verwendung fanden.

Entwicklungsgeschichte, vollzog sich die revolutionäre Veränderung, deren Protagonisten die Frauen in Kurdistan waren: Der Mensch begann, mit Hilfe einfacher Geräte die Mittel für seinen Lebensunterhalt selbst zu produzieren. Nach Meinung der Wissenschaft bedeutete diese Errungenschaft den Anfang der Geschichte der Wirtschaft. Über genaue Daten verfügt man nicht. Auf jeden Fall geschah es im Neolithikum, also in der Jungsteinzeit, vor ungefähr 9000 bis 7000 Jahren, je nach dem Teil der Welt, in dem der Übergang von der Jagd zur Landwirtschaft stattfand.

Da bereits den Jägern der Altsteinzeit, des Paläolithikums, technische Mittel zur Verfügung standen, wird deutlich, dass die Anfänge von Technik und Wirtschaft zeitlich nicht zusammenfallen. Die Geschichte der Technik begann mit der Bearbeitung des

HOMO SAPIENS
Zur Gattung des Homo sapiens gehören wir alle. Die ältesten Funde stammen aus Südafrika und Äthiopien, sie zählen ungefähr 125 000 Jahre.

Vor 10 000 Jahren wurde das Klima milder: Die Bewohner der Siedlungen am Wasser fischten Muscheln, Krebse und kleine, im Wasser lebende Säugetiere.

Steins zur Herstellung von verschiedenen Waffen und Werkzeugen, sie begann mit der Benutzung des Feuers sowie einfachster Transportmittel. Die Geschichte der Wirtschaft hingegen nahm hunderttausende von Jahren später ihren Ausgang, als der Mensch nicht mehr ausschließlich von der Jagd und dem Sammeln lebte und sich daran machte, die Erde zu bebauen.

Das Neolithikum

In der Jungsteinzeit vollzogen sich tief greifende Veränderungen. Entscheidend für das Schicksal des Menschen waren die Erfindung der Landwirtschaft und die Domestikation von Tieren. Wir wissen immer mehr über den Beginn unserer Geschichte, doch über die Gründe, die zur Neolithischen Revolution geführt haben, sind sich die Wissenschaftler nicht einig. Mit Sicher-

DIE LANDWIRTSCHAFT
setzte vor ungefähr 9000 Jahren in verschiedenen Teilen der Welt ein.

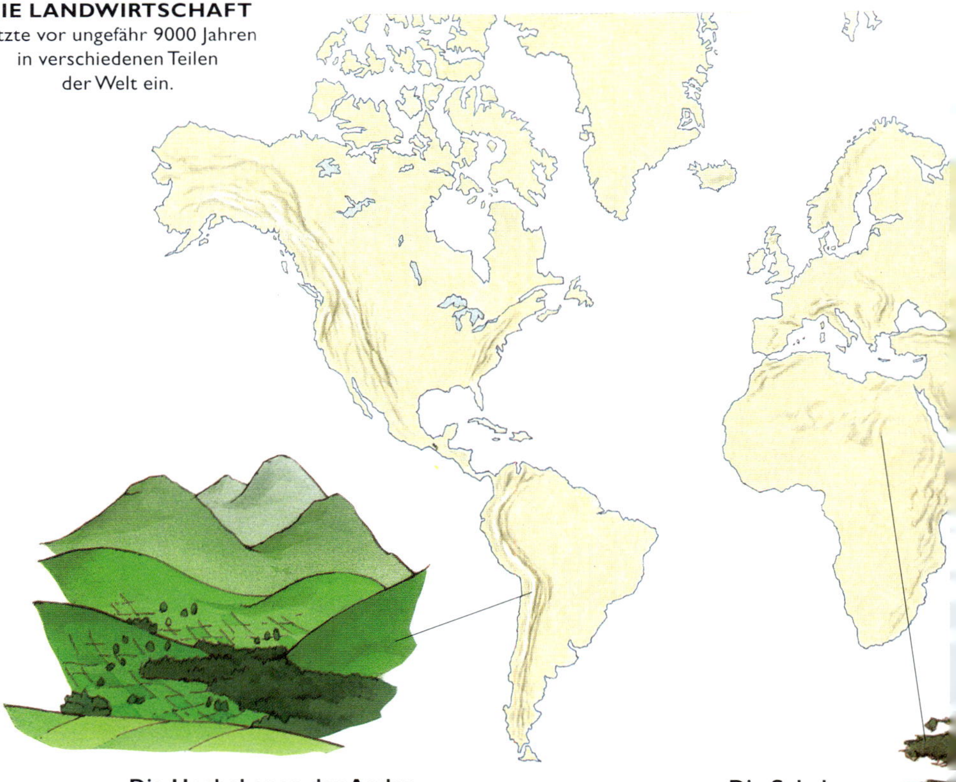

Die Hochebenen der Anden
In den tropischen Hochebenen Südamerikas, besonders in den feuchten Niederungen der Andentäler, fand vor 9000 bis 6500 Jahren der erste Anbau von Mais, Kartoffeln, Bohnen und Tomaten statt.

Die Sahelzone
Im sudanesischen Teil der Sahara wurden afrikanische Hirse, Erdnüsse und die Yamswurzel angebaut.

heit kann man sagen, dass vor 15 000 Jahren das Erdklima wärmer und feuchter wurde. Einige Pelztiere wanderten in kältere Zonen ab, neue Pflanzen- und Tierarten tauchten auf.

Drei Wandlungen nahmen fortschreitend Gestalt an: Die Menschen, bis dahin ständig umherschweifende Jäger und Beerensammler, wurden zunehmend sesshaft, sie hatten immer mehr Möglichkeiten, den Jahreszeitenablauf der Natur zu beobachten, und sie lernten, diesen Zyklus für ihre Bedürfnisse auszunutzen.

Die Landwirtschaft entstand aus dem Wunsch heraus, die Produkte der Erde zu vermehren. Neben dem Hund, der bereits die Jäger begleitet hatte, fing man nun an, auch andere Tiere zu zähmen. Die beginnende Sesshaftigkeit und die Domestikation von wilden Tieren und Pflanzen voll-

Nordchina
Auf den Ebenen Nordchinas mit ihren Lössböden baute man im 6. Jahrtausend v. Chr. Hirse an.

Südostasien
Weizen, Gerste und Hülsenfrüchte bildeten die Grundlage für die ersten landwirtschaftlichen Formen in diesem Gebiet.

Der Nahe Osten
Die Gebiete um Euphrat und Jordan gehörten zu den ersten, in denen vor ungefähr 9000 Jahren Getreidesorten und, vermutlich noch früher, Hülsenfrüchte (Erbsen, Bohnen, Linsen) angebaut wurden.

DIE DOMESTIKATION VON TIEREN

Durch Zähmung und Züchtung (= Domestikation) verschiedener Wildtiere mit den für den Menschen günstigsten Eigenschaften entwickelten sich die Haus- und Nutztiere.

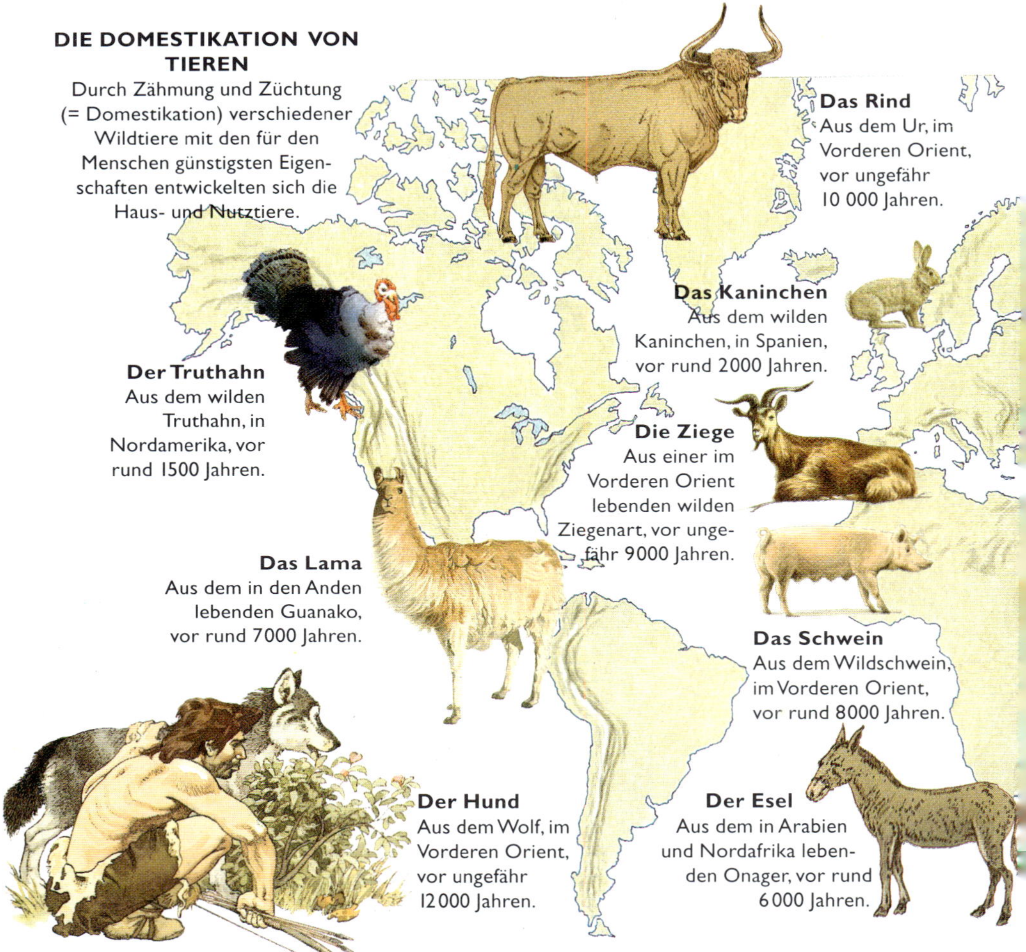

zogen sich in aufeinander folgenden Schritten und natürlich bestanden die alten Lebensformen noch lange Zeit neben den neuen fort.

Die Landwirtschaft

Von der Neolithischen Revolution bis in die jüngste Zeit war die Landwirtschaft die wichtigste wirtschaftliche Tätigkeit auf der Welt. Sie war die am weitesten verbreitete Aktivität, sie beschäftigte die größte Zahl von Menschen und von ihren Erträgen hing Wachstum oder Rückgang der Weltbevölkerung ab. Zweifellos ist mit der Einführung der Landwirtschaft die Weltbevölkerung deutlich gestiegen. Bestand sie um das Jahr 8000 v. Chr. aus 8 – 15 Millionen Menschen, so rechnet man, dass es im 1. Jahrhundert n. Chr. bereits 240 – 330 Mil-

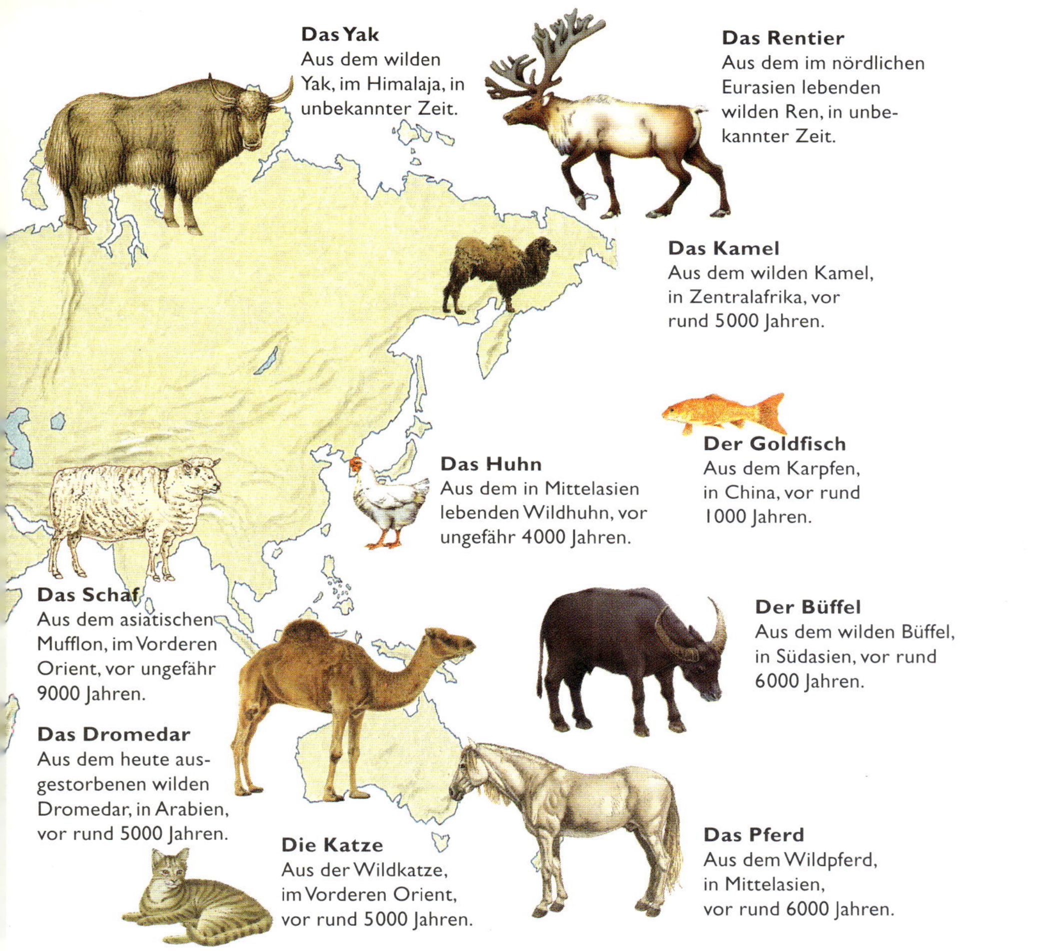

lionen waren. Zu Beginn beschränkten sich die landwirtschaftlichen Tätigkeiten hauptsächlich auf die Aussaat von Getreide und die Ernte und Aufbewahrung der Früchte zu Nahrungszwecken und zur erneuten Aussaat. Wenn in der Menschheitsgeschichte große wirtschaftliche oder soziale Neuerungen eintreten, sind Ursache und Wirkung oft nicht voneinander zu trennen. Die Jungsteinzeit war die Epoche, in der die Menschen begannen, ihre Steinwerkzeuge zu verfeinern. Durch die Befestigung eines flachen, geschliffenen Steinkeils an einem Holzstock erhielt man eine Hacke. Sie wurde das wichtigste Werkzeug der ersten Ackerbauern. Mit ihr konnte man die Erdkruste zur Aufnahme des neuen Saatguts aufbrechen. Diese frühe Form des landwirtschaftlichen Anbaus bezeichnet man als Hackbau. Sie verbreitete sich nach und

ÇATAL HÜYÜK
Eine der ersten Siedlungen der Geschichte, deren Standort genau erforscht wurde, ist Çatal Hüyük auf der Anatolischen Halbinsel. Um das Jahr 6 000 v. Chr. zählte sie auf einer Fläche von 12–15 Hektar rund 5 000 Bewohner.

Wege über die Dächer
In Çatal Hüyük gab es keine Wege und Straßen. Die Bewohner benützten die Dächer der Häuser, die sehr niedrig waren.

Das Leben im Dorf
Es gab keine gesellschaftliche Hierarchie. Im Unterschied zu den später entstehenden Städten wurden in den Dörfern nicht die Reichtümer der umgebenden Gebiete gelagert.

nach überall auf der Welt, bald war sie in allen bewohnten Gebieten der Erde bekannt. In bestimmten unzugänglichen Teilen der Welt existiert der Hackbau noch heute.

Das Dorf

Nachdem die Menschen nicht mehr gezwungen waren, auf der Suche nach Nahrung ständig umherzuschweifen, bildeten sie erste feste Niederlassungen. Mit der Einführung der Landwirtschaft und somit der produzierenden Wirtschaftsweise wurden diese Siedlungen immer größer. Im 7. Jahrtausend v.Chr. erreichten manche Niederlassungen eine Größe von 5 000 Bewohnern. Die aus den Ausgrabungen gewonnenen Erkenntnisse zeigen, dass es in den jungsteinzeitlichen Siedlungen keine Unterschiede gab zwischen einzelnen Bauwerken oder Teilen des Dorfes. Ganz offensichtlich unterschied man nicht zwischen Arm und Reich, zwischen beherrschenden Bauten und einfachen Unterkünften. Das Dorf war

Die Wohnungen
Die Wohnhäuser grenzten aneinander und bestanden aus gebrannten Ziegeln, die durch Holzpflöcke zusammengehalten wurden und mit Lehm bedeckt waren.

der Lebensraum einer Gemeinschaft, die nicht in soziale Schichten unterteilt war. Deshalb wies es einheitliche Bauten auf, in denen sich die Gleichheit seiner die Erde bearbeitenden Bewohner widerspiegelte.

Das Handwerk

Es gab in den Niederlassungen jedoch bereits frühe Formen der Arbeitsteilung und der Spezialisierung auf bestimmte handwerkliche Tätigkeiten. Durch das Schleifen des Steins konnten die allgemein benützten Werkzeuge wie Schaber, Stichel und Beil verbessert werden. Diese Steinwerkzeuge wurden später durch die Entdeckung des Kupfers überholt.

Unter technischem Aspekt betrachtet war die Jungsteinzeit eine an Erfindungen und Erneuerungen reiche Epoche: Erstmals traten Keramik, Weberei und Metallverarbeitung auf.

Die verschiedenen handwerklichen Produkte bildeten bereits die Grundlage für die frühe Form des Handels, den Tauschhandel.

Die großen Flusskulturen

Die Fruchtbarkeit der Schlammböden in den Flusstälern des Vorderen Orients war so groß, dass die Bewohner bald von der im Kleinen betriebenen Landwirtschaft auf die Bodennutzung in großem Umfang übergehen konnten. Dabei entdeckte man die Vorteile der künstlichen Bewässerung.

Landwirtschaft im Schwemmland

In einigen Tälern, die von großen Strömen durchquert wurden, entdeckten die Menschen Anzeichen für eine außergewöhnliche Fruchtbarkeit der Erde. Die Flüsse traten in regelmäßigen Abständen über die Ufer und setzten das Land unter Wasser. Nach dem Rückgang des Wassers blieben Schlamm und organische Materie zurück, die dem Boden seine Fruchtbarkeit verliehen. Die sehr gute Zugänglichkeit dieser Schlammböden begünstigte ihre Kultivierung. So ging man von der im Kleinen betriebenen Landwirtschaft zur ausgedehnten Bodennutzung über.
Diese auf dem Steigen und Fallen des Wassers begründete Landwirtschaft entwickelte sich in einigen Tälern des Vorderen Orients, in Nordostafrika und im Fernen Osten. Es entstanden die ersten großen Flusskulturen, die altorientalischen Reiche. Die Menschheit hätte sich die Vorteile der pe-

BEWÄSSERUNGSTECHNIK IN UNTERMESOPOTAMIEN

Es wurden zwei Bewässerungssysteme angewandt: die Bewässerung durch Stauung des Wassers und die Bewässerung durch Gräben. Bei der Stauung wurde das gesamte Feld unter Wasser gesetzt. Dies war der Fall bei kleinen, ebenen Feldern. Die Bewässerung durch Gräben wurde bei langen Feldern angewandt.

Der Kanal
Leicht erhöht im Vergleich zu den Gräben, die von ihm gespeist wurden, verlief der Kanal.

Die Gräben
Sie wurden als schmale, mehrere hundert Meter lange Furchen angelegt, die leicht abwärts führten und das überschüssige Wasser in sumpfige Becken leiteten.

riodischen Überschwemmungen wohl kaum zu Nutze machen können ohne die grundlegenden Erfindungen und Neuheiten dieser Zivilisationen im sozialen, politischen und technischen Bereich. Zu nennen sind hier vor allem die umfassenden Be- und Entwässerungstechniken, die Einführung einer eisernen Arbeitsdisziplin, der Übergang von dörflichen zu städtischen Ansiedlungen, die Bildung einer Gesellschaft, die auf Arbeits- und Funktionsteilung beruhte, das heißt auf den sozialen Unterschieden zwischen den Arbeitern und denjenigen, welche die Arbeit organisierten und die Befehlsgewalt innehatten. Hier haben wir den Anfang der Geschichte von der Macht des Menschen über andere Menschen.

Die Sumerer

Im Vorderen Orient, in Mesopotamien, dem Land zwischen Euphrat und Tigris, traten

Der Saatpflug
Ein von vier Ochsen gezogener Pflug ermöglichte es dem Bauern, lange Furchen zu ziehen. Mit Hilfe eines Trichters konnte das Saatgut gleichmäßig in den Boden eingebracht werden.

zwischen dem 4. und 3. Jahrtausend v. Chr. die erwähnten grundlegenden Neuerungen auf. Schon seit langem hatten die bäuerlichen Gemeinschaften in Mesopotamien gelernt, die Möglichkeiten die das Schwemmland bot, voll auszunutzen. In den Tälern wurden Kanäle und Wasserbecken angelegt, um die Bewässerungsfläche zu vergrößern, aber auch, um den periodisch auftretenden Wasserüberfluss in geregelte Bahnen zu lenken und Wasserreserven zu schaffen. Entscheidend für die Entwicklung der Landwirtschaft war die Einführung des Systems der lang gestreckten Felder mit Bewässerungsgräben durch die Sumerer. Damit einher ging die Einführung des vom Pferd gezogenen Pfluges, mit dem mehrere hundert Meter lange Furchen gezogen werden konnten. Die Sumerer gingen somit

UR

Die Stadt Ur lag im südlichen Irak, ungefähr 16 Kilometer westlich des heutigen Laufs des Euphrats. Die Entstehung der Siedlung wird um das Jahr 4500 v. Chr. angesetzt. Im Jahr 2500 v. Chr. erstreckte sich die Stadt über 55 Hektar und zählte eine Bevölkerung von 5000 Menschen.

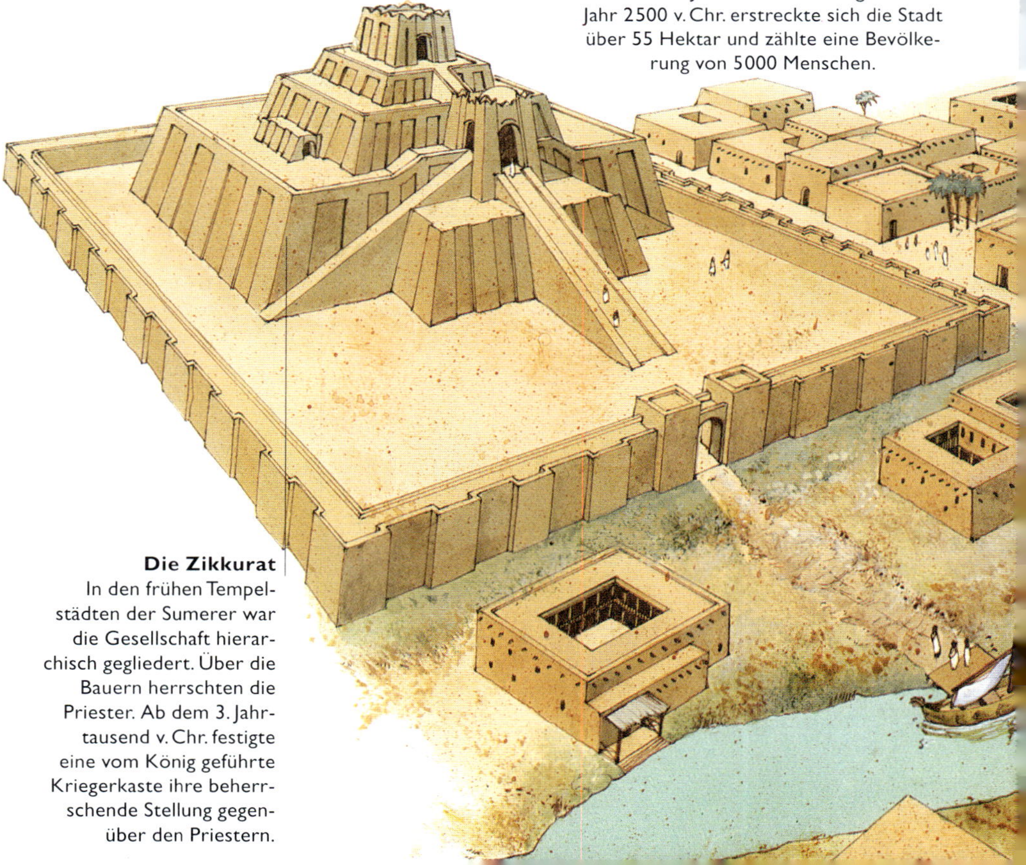

Die Zikkurat

In den frühen Tempelstädten der Sumerer war die Gesellschaft hierarchisch gegliedert. Über die Bauern herrschten die Priester. Ab dem 3. Jahrtausend v. Chr. festigte eine vom König geführte Kriegerkaste ihre beherrschende Stellung gegenüber den Priestern.

vom Hackbau zur Pflugkultur mit tierischer Zugkraft über. Am Pflug wurde außerdem eine Vorrichtung für das Säen angebracht. Der bei der Handaussaat übliche Verlust konnte somit vermieden und der Samen genau platziert werden. Dies alles wiederum steigerte die Produktivität.

Diese vielfältigen, immensen Aufgaben konnten nur dadurch bewältigt werden, dass sich Menschen mit der Organisation der Tätigkeiten befassten, über die Verwendung der Ernte bestimmten und Entscheidungen hinsichtlich der erzielten Überschüsse trafen. Die erste große Zivilisation in der Menschheitsgeschichte, die der Sumerer, entstand also auf der Grundlage einer höchst produktiven Landwirtschaft. Eine gut organisierte Priester- und Beamtenschaft bestimmte über die zahlreiche Bevölkerung. Dem Tempel war das Eigen-

Der Städtebau
Die Stadt hatte enge Straßen und kleine Plätze. Die Häuser hatten einen nach oben offenen Innenhof. Die Fassade war einfach und die Eingangstür klein.

Der Flusshafen
Ursprünglich entstand Ur an einem Seitenarm des Euphrats. Als Flusshafen entwickelte sich die Stadt und wurde reich.

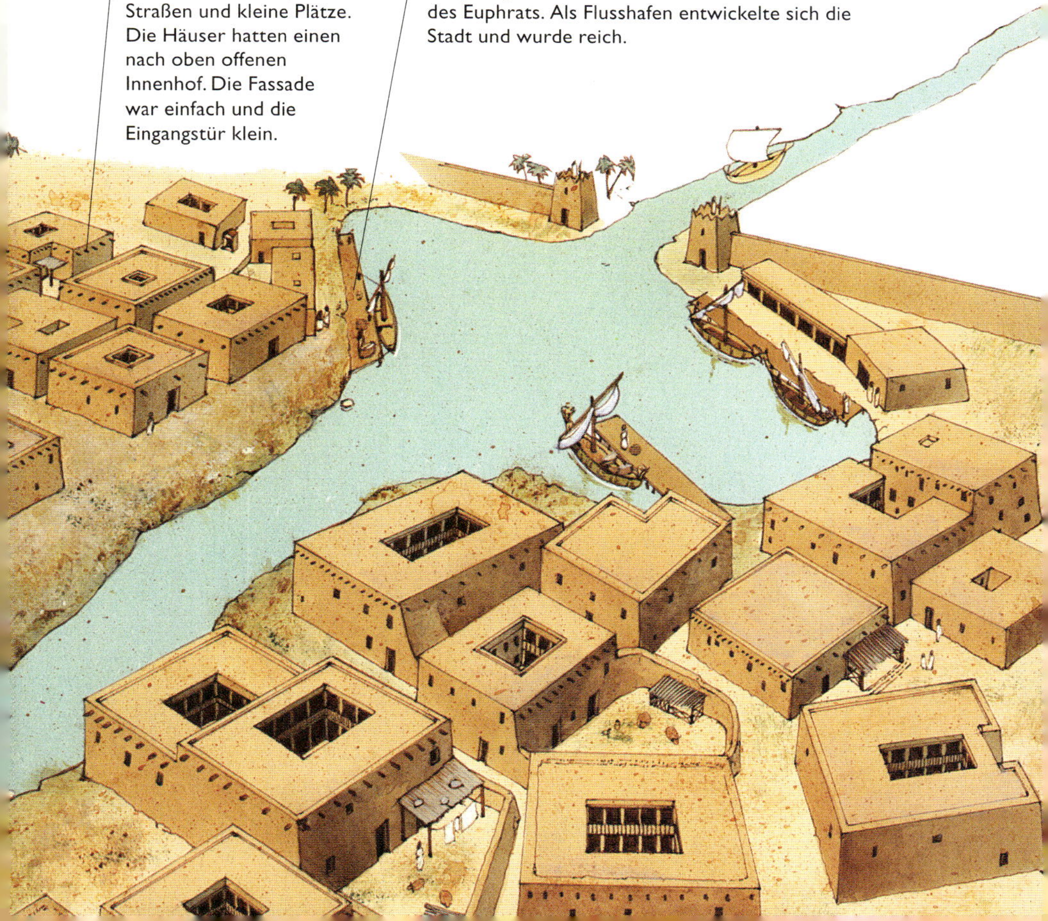

ÄGYPTEN
Wie bei jeder Zivilisation der Antike stammte auch in Ägypten der Reichtum vom Boden, der durch das Nilwasser fruchtbar gemacht wurde. Auf der Abbildung teilen sich ein Mann und seine Frau die landwirtschaftlichen Arbeiten: das Pflügen, Säen und Ernten. Aus dem *Buch der Toten* der Frau Cheritwebeshet, 21. Dynastie, Kairo, Ägyptisches Museum.

INDIEN
Etwa 2500 v. Chr., als die indoarischen Völker noch nicht angekommen waren, entstand am Indus eine im wesentlichen städtische Zivilisation.

tum an der Feldfrucht vorbehalten. Die Dörfer, einfache Siedlungen mit einheitlichen Wohnhäusern, wurden von den Städten beherrscht, in denen die Tempel auch als Vorratslager dienten und schon durch ihre monumentale Größe verdeutlichten, wer die Macht ausübte und wer zu gehorchen hatte. Für die administrativen Notwendigkeiten entwickelten die Sumerer eine absolute Neuheit in der Geschichte der Menschheit: die Schrift. Die sumerische Keilschrift sollte bald auch anderen, religiösen und literarischen Zwecken dienen.

Das alte Ägypten

Im 3. Jahrtausend v. Chr. hatte die ägyptische Zivilisation im Niltal eine komplexe Form staatlicher und religiöser Organisation erreicht. Die Pharaonen des Alten Reichs hatten die Pyramiden von Gizeh gebaut. Unzählige Menschen hatten auf einfachen, provisorischen Rampen riesige Steinblöcke bewegt, um die Bauwerke zu

Mohendjo-Daro
Diese Ansiedlung ist neben Harappa die bedeutendste Stadt der Induskultur. Sie erreichte ihre höchste Blüte um das Jahr 2000 v. Chr.

Der Elefant
Er wurde bereits in frühester Zeit domestiziert. Die Induskultur bediente sich der Elefanten als Transportmittel und »Kriegswagen«.

errichten, die bis heute von aller Welt bewundert werden. Diese Menschen kümmerten sich in den Zeiten des Jahres, in denen die Wasser des Nils von den Getreidefeldern wichen und den fruchtbaren Schlamm zurückließen, um die Landwirtschaft und standen in den Zeiten, in denen der Nil das Land überschwemmte, dem Pharao für seine immensen architektonischen Vorhaben zur Verfügung. Dank dieser Gabe des Nils konnten sich die Pharaonen und ihre Beamten, allen voran die Schreiber, deren Aufgabe es war, die Ernten genau zu registrieren, nahezu 3000 Jahre lang an der Macht halten.

Das Tal des Indus

In Südasien entstand zwischen dem 4. und 3. Jahrtausend v. Chr. in dem weitläufigen Gebiet am mittleren und unteren Indus ebenfalls eine große Flusskultur.
Auch wenn die uns überlieferte Dokumentation nur spärlich Auskunft gibt, wissen wir doch, dass komplexe Bewässerungs-

systeme den umfangreichen Anbau von Gerste, Getreide, Sesam, Melonen und Dattelpalmen ermöglichten. Es gibt Hinweise auf einen frühen Anbau der Baumwolle, eine Pflanze, die einen entscheidenden Einfluss auf die indischen Textilmanufakturen späterer Epochen haben wird.
Die wichtigsten Zeugnisse für die Zivilisationen am Indus sind die beiden Städte Harappa und Mohendjo-Daro, die zu den ersten Handelszentren in der Menschheitsgeschichte gezählt werden.

Der Hwangho-Bogen

Auch die Wiege der jahrtausendealten chinesischen Kultur liegt in einem Flusstal, dem mittleren Tal oder Bogen des Hwangho, des Gelben Flusses, in Nordchina. Schlamm und Geröll, die der Fluss auf seinem vielfach gewundenen Lauf mit sich führte, verstopften schon immer sein Bett und veranlassten die Chinesen bereits seit dem 2. Jahrtausend v. Chr. dazu, Deiche und Dämme zu errichten.
Die Bedeutung dieser Regulierungsarbeiten führte einige Historiker zu der Annahme, dass auch die chinesische Zivilisation ursprünglich eine auf Wasserbau gegründete Kultur war, in der die Beherrschung der Flüsse ein starkes Machtsystem hervorbrachte. Sicher wurde die außergewöhnlich produktive Landwirtschaft im Hwangho-Bogen durch den Lössstaub begünstigt, der von den Winden aus Zentralasien getragen und in Nordchina abgelagert wird. Von der produktiven Landwirtschaft aus nahm die städtische Entwicklung in China ihren Anfang sowie viele andere, hoch spezialisierte Tätigkeiten, vor allem die aus frühesten Zeiten herrührende Seidenverarbeitung.

CHINA
Das Land ist in zwei große Klimazonen aufgeteilt: die nördliche Zone mit mäßigem und trockenem und die südliche Zone mit warmem und feuchtem Klima. Im Norden werden Getreide und verschiedene Hirsesorten angebaut, im Süden vorherrschend Reis, was zu lebhaftem Handel mit den nördlichen Gegenden geführt hat.

Die Sklaven
Die wirtschaftliche und soziale Organisation des alten China beruhte auf der Sklavenhaltung.

Die Ebene des Gelben Flusses
Um den Fluss zu bändigen und das häufige Hochwasser einzudämmen, mussten die Chinesen zahlreiche Deiche errichten.

Ein Aufseher
Er überwacht die Arbeit der Sklaventrupps. Der König vertraute die Kontrolle über das Land einem Feudalherrn an, der Land und Befugnis weitervererben konnte. Er war dem König tributpflichtig und stellte ihm Arbeitskräfte zur Verfügung.

Intensive Landwirtschaft
In der Geschichte Chinas sind Kämpfe zwischen der Zentralmacht und den Feudalherren sehr häufig. Konstant war die Kultivierung zahlreicher Grundstücke durch Kleinbauern.

Der Bergbau

Nach der Bearbeitung von Stein, Holz und Knochen prägte der Gebrauch des Kupfers eine weitere wichtige Etappe in der Menschheitsgeschichte. Mit Beginn der Bronzezeit entstehen die ersten großen Reiche. Die Fertigkeit der Eisenverarbeitung vergrößerte die Möglichkeiten der landwirtschaftlichen Zivilisationen.

Die Bedeutung der Metallverarbeitung

Die Wirtschaft der Jungsteinzeit und der antiken Reiche war auf Landwirtschaft und Viehzucht gegründet. Sie hatten ihren Ursprung in der Domestikation von wilden Tieren und Pflanzen. Dann spielten einige Spezialisierungen und Erfindungen eine bedeutsame Rolle, so etwa die Bewässerung des Ackerlandes, der Einsatz von Wasseranlagen zur Verteidigung oder die Entwicklung der Schrift. Zahlreiche andere komplexe Tätigkeiten wie etwa Töpferei, Textilproduktion, Weberei, Errichtung von Holz-, Ziegel- oder Steinbauten oder die Schaffung von nicht metallischen Geräten sind entscheidender für die Geschichte der Technik als für die Geschichte der Wirtschaft. Von vielfältiger Bedeutung sind dagegen die Metalle, ihr Abbau, ihre Verarbeitung und ihr Gebrauch.

DIE KUPFERMINEN

Die Ausbeutung der Kupferminen geht bis auf das Ende des 5. Jahrtausends v. Chr. zurück. Die größten Vorkommen gab es in Kleinasien und am Persischen Golf. Zypern war das bedeutendste Produktionszentrum im Mittelmeerraum. Auch die Iberische Halbinsel und das Gebiet des heutigen Ungarn wurden zu wichtigen Zentren der frühen Kupferindustrie. Eine bemerkenswerte Produktion gab es auch in Tirol, Sardinien und auf der Insel Elba.

Das griechische Gold

Die Abenteuer der Griechen auf allen Meeren hingen meist mit der Suche nach Metallen, vor allem nach Gold, zusammen. Die Goldminen lagen zum großen Teil außerhalb der griechischen Welt. Die obige Abbildung zeigt eine weite, niedrige Tasse aus einer Gewölbe-Grabkammer in Dendra, 15. Jahrhundert v. Chr.

Das Gold

Es ist noch nicht geklärt, ob das Gold bereits vor dem Kupfer verwendet wurde. Zahlreiche Goldvorkommen waren in der gesamten antiken Welt vorhanden. Im alten Ägypten war der Abbau des Goldes so weit gediehen, dass die Pharaonen eine Vorrangstellung gegenüber allen anderen Herrschern ihrer Epoche einnahmen. Da Gold ein ziemlich weiches und leicht formbares Metall ist, war es für praktische Anwendungen nur bedingt geeignet. Doch auf Grund seiner Verarbeitung und Verwendung für rituelle Zwecke und als Schmuck war es seit Beginn der Wirtschaftsgeschichte in der Welt das am meisten begehrte Metall. Die herrlichen goldenen Gegenstände aus Ur und aus dem Alten Reich der Pharaonen sind unerreichte Meisterwerke der Goldschmiedekunst.

Das Silber

Um das Jahr 3000 v. Chr. tauchten in Mesopotamien in der Epoche von Uruk und in Ägypten in der prädynastischen Epoche fast gleichzeitig Silber und Blei auf, zwei aus demselben Mineral, dem Galenit, gewonnene Metalle. Die Produktion von Silber, das in größeren Mengen verbreitet war als das Gold, konzentrierte sich vor allem auf das nordöstliche Kleinasien. Die Priester der sumerischen Stadtstaaten schickten ihre Beauftragten zum anatolischen Volk der Hethiter, um von ihnen Blei und Silber zu kaufen.

Kupfer und Bronze

Eine ganz entscheidende Rolle für die Geschichte der Wirtschaft aber spielten die Gewinnung, der Transport und die Verarbeitung der nutzbringenden Metalle. Die Verarbeitung von Kupfer geht bis auf die

DIE VERARBEITUNG DER BRONZE
Die Abbildung zeigt die Phasen der Herstellung einer Bronzestatue nach der Methode des Wachsschmelzverfahrens.

Jungsteinzeit zurück, sie kann schon im 5. Jahrtausend v. Chr. angesetzt werden. Kupfer gilt bei vielen Historikern als das älteste nutzbringende Metall, seine Bearbeitung spielte eine größere Rolle als die von Gold oder Silber. In Kleinasien gab es reiche Vorkommen, die aber nicht in den fruchtbaren Flusstälern lagen, sondern in rauen, weit entfernten Gebieten. Aus diesem Grunde importierten die Sumerer Kupfer auf dem Seeweg durch den Persischen Golf über Oman oder auf den schiffbaren Flüssen aus den Bergen Anatoliens und des Kaukasus. Kurz nach der Verbreitung des Kupfers erfand man die Legierungen aus Kupfer mit Zinn, Blei, Antimon und Zink. Aus der Legierung von Kupfer und Zinn entstand die Bronze, deren Epoche, die Bronzezeit, mit dem 3. Jahrtausend begann. Bronze erwies sich auf Grund ihrer Festigkeit, hohen Härte und Gießbarkeit als viel brauchbarer als Kupfer. Während die

Populonia
Die etruskische Stadt, Sitz einer bedeutsamen Metall verarbeitenden Industrie, war um das 6. Jahrhundert v. Chr. ein wichtiger Umschlagplatz für die Schifffahrt im oberen Tyrrhenischen Meer. Schiffe mit Waren für die griechische Kolonie in Marseille liefen den Hafen an. Im Bild Populonia und der Golf von Baratti.

Die Zufuhr des Minerals
Das mit Holzkohle vermischte Mineral wurde in die obere Öffnung eingeführt und »geröstet«.

technischen Aspekte des Abbaus, des Schmelzens und der Legierungen die Geschichte der Technologie bestimmten, standen die Vorkommen der Metalle und ihre Ausbeutung in engem Zusammenhang mit den wirtschaftlichen Entwicklungen. Die unregelmäßige Verteilung der Lagerstätten war der Grund für den Beginn der Geschichte von Transport, Verkehr und Fernhandel.

Das Eisen

Die Eisenzeit begann in Kleinasien in der ersten Hälfte des 2. Jahrtausends v. Chr. Diese Epoche war durch tief greifende Ereignisse – wie die großen Wanderungen der indoeuropäischen Völker – gekennzeichnet. Die Weltbevölkerung verteilte sich neu und es entstanden junge Zivilisationen als Nachfolger der großen Kulturen der Bronzezeit. Eisenminerale waren

DIE ETRUSKER

Die geheimnisumwitterten Protagonisten einer hohen Handelskultur, die in Italien um das 7. und 6. Jahrhundert v. Chr. bestand, waren Meister in der Verarbeitung des Eisens, das sie aus den Minen auf der Insel Elba gewannen.

Die Wände

Sie bestanden aus feuerfestem, mit Ton verkittetem Stein und enthielten Öffnungen, um das Feuer zu schüren.

Die Gewinnung des Metalls

Das unbrauchbare Material sank in flüssigem Zustand nach unten und verfestigte sich zu Schlacke. Das Metall, das sich im Ofen in schwammartigen Blöcken geformt hatte, wurde durch eine Öffnung in der Wand herausgeholt.

Die Fundamente der Öfen

Das Fundament war in tonhaltiger Erde eingegraben.

immer leicht verfügbar gewesen, doch ihre Verwendung ergab sich erst sehr spät auf Grund der Schwierigkeiten, die beim Gießen auftraten. Letztendlich erwiesen sich die eisernen Werkzeuge jedoch als besser und wirtschaftlicher als die Bronzewerkzeuge. Bearbeitung und Verbreitung des Eisens spielten eine entscheidende Rolle in der Entwicklung der Kulturen. Die Fähigkeit des Eisens, Felsgestein zu durchbrechen und nicht nur weiches Schwemmland, ermöglichte eine Erweiterung der landwirtschaftlichen Anbauflächen auch auf trockene, höhere und gebirgige Gebiete.

Die Menschheit ging von der vergleichsweise einfachen Landwirtschaft auf dem fruchtbaren Schwemmland der großen Flusstäler zur schwierigen Landwirtschaft in weiten, trockenen Gebieten über.

Handel und Kaufleute

Die hohen Transportkosten schränkten in der Antike die Möglichkeiten des Fernhandels stark ein, auch wenn die Zivilisationen im Vorderen Orient bereits Handelsbeziehungen zu fernen Ländern unterhielten. Schifffahrt und Handel im Mittelmeer hatten andere Ursprünge, hier waren die phönizischen und griechischen Kaufleute die Protagonisten.

Ein Blick auf die Anfänge

In der Bronzezeit hatten sich in Mesopotamien und Ägypten, in Indien und China kleine Gebiete mit außerordentlich hoher landwirtschaftlicher Produktion herausgebildet. In Gebirgsgegenden gab es Lagerstätten von metallischen Rohstoffen. Der größte Teil des flachen Landes wurde als Weideland benützt oder er war der Jagd und dem Fischfang vorbehalten. Bereits mit der Jungsteinzeit hatte die Domestikation von Tieren den Menschen neue Transportmöglichkeiten auf dem Rücken von Eseln, Pferden, Rindern, Kamelen oder Elefanten geschaffen. Der Einsatz von Flößen und später von Booten hatte den Fischfang im Meer, in Flüssen und Seen ermöglicht und die Wasserläufe zu Transportwegen gemacht. Die Erfindung von Fahrzeugen mit oder ohne Räder verlieh den Menschen Mobilität zu Lande. Trotzdem wäre es

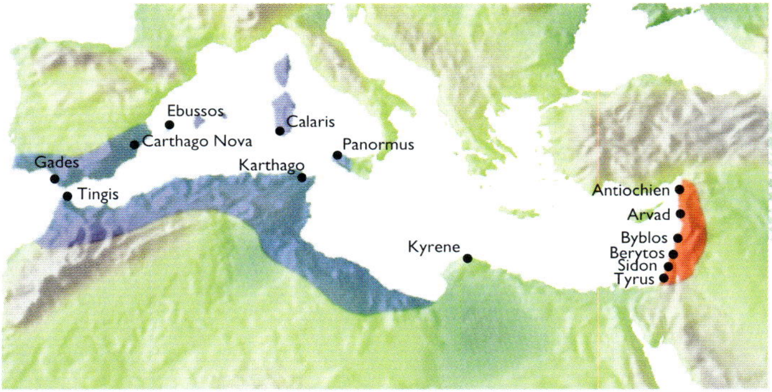

Die Phönizier

Die Zivilisation der Phönizier entwickelte sich ab 1200 v. Chr. an der östlichen Mittelmeerküste. Der Name »Phönizier« kommt vom griechischen »phoinix« (rot), die Farbe des Purpurs, den die Phönizier zum Färben ihrer Wolltuche verwendeten. Die Phönizier verkauften den Purpur in der ganzen ihnen damals bekannten Welt. Sie befuhren das Mittelmeer bis zur Meerenge von Gibraltar und gründeten Handelsniederlassungen.

nun falsch, von einem blühenden Handel in den antiken Reichen zu sprechen.

Es ist sicherlich nicht richtig, den Handel im Altertum mit unseren heutigen Augen zu betrachten. Heute sind wir daran gewöhnt, den Begriff des Handels mit dem Begriff des Marktes zu verbinden. Das heißt, dass einem Warenangebot der Hersteller und Kaufleute eine mehr oder weniger befriedigende Nachfrage gegenübersteht, also der Wille und die Möglichkeit der Verbraucher, diese Waren zu erwerben. Tatsächlich lebte ein sehr großer Teil der Menschheit in der Bronzezeit von den landwirtschaftlichen und handwerklichen Produkten, die im Raum ihrer dörflichen oder später städtischen oder staatlichen Gemeinschaft hergestellt wurden. Der Handel bestand im Altertum als Warenverkehr über große Entfernungen

DIE PHÖNIZISCHE FLOTTE
Sie bestand aus bauchigen Handelsschiffen und schmalen, schnellen Kriegsschiffen, die mit Ruderern oder Segeln ausgestattet waren und außerdem einen Sporn am Bug hatten, um feindliche Schiffe zu rammen.

Die Produkte
Die Phönizier bauten Weizen, Gerste, Feigen-, Maulbeer- und Olivenbäume sowie Weinstöcke an. Sie stellten Glas her und handelten mit Purpur und Edelhölzern.

und betraf, wie erwähnt, die Rohstoffe und hier vor allem Bronze und die zur Waffenherstellung verwendeten Metalle. Von einem Gebiet der Erde zum anderen wurden Produkte transportiert, die nicht für die Bevölkerung bestimmt waren, sondern allein den Kriegern und den Führern der Gemeinschaften und der Reiche vorbehalten waren. Gold, Silber, Edelsteine, wertvolle Stoffe, Gewürze, Parfüms waren die wenigen und exklusiven Produkte, die exportiert wurden und deren geringes Gewicht eine der Voraussetzungen für den Handel darstellte. Nicht selten waren die Entfernungen beträchtlich. Die Zivilisationen in Mesopotamien zum Beispiel importierten Produkte aus dem Industal und transportierten sie über den Indischen Ozean.

Die Phönizier

Das erste Volk von Seefahrern und Kaufleuten in der Geschichte der Wirtschaft waren die Phönizier. Sie kamen vom Roten Meer oder vom Persischen Golf und drangen, vermutlich im Zuge der großen euro-asiatischen Völkerwanderungen im 13. und 12. Jahrhundert v. Chr., in den östlichen Mittelmeerraum vor.

Man nimmt an, dass die Phönizier ursprünglich im Dienste der ägyptischen Pharaonen stehende Händler und Transportunternehmer waren. Nachdem sie sich im Gebiet des heutigen Libanon niedergelassen und Stadtstaaten gegründet hatten, befuhren sie auf der Suche nach Metallen auch das westliche Mittelmeer. Seit 1000 v. Chr. tauchten die Phönizier mit ihren Schiffen überall im Mittelmeer auf. Ihre Ladung bestand vor allem aus Gütern für den wachsenden Konsum in den immer dichter besiedelten Gebieten: Weizen, Öl,

Eine typische Niederlassung griechischer Kolonisatoren
Sie befindet sich an der nordwestlichen Küste der vor Neapel gelegenen Insel Ischia. Hier landeten 750 v. Chr. griechische Schiffe. Sie suchten eine Insel, die ihrer Heimatinsel Euböa ähnlich sein sollte. Der Berg Vico (auf dem Foto im Vordergrund) mit seinen beiden Anlegeplätzen erschien ihnen geeignet. Auf ihm errichteten sie ihre Hauptniederlassung. Weitere Wohnsiedlungen entstanden auf den umliegenden Hügeln.

Die phönizischen Schiffe
Sie hatten zwei Ruderreihen. Der Schiffsrumpf war aus einem einzigen, dicken Baumstamm gehauen. Die Ruderdollen hatten einen Verschlag. Ein enges Kampfdeck befand sich über den Ruderern. Der schmale Rumpf machte das Schiff schnell und wendig.

EIN HANDELSKRIEG

Im 6. Jahrhundert v. Chr. befanden sich die phönizische Kolonie Karthago, die Etrusker und die griechischen Kolonien des westlichen Mittelmeeres, besonders die von Phokaia gegründeten Handelsplätze, in scharfem Wettbewerb zueinander. Im Jahr 540 v. Chr. fand bei Alalia in Korsika eine Schlacht um die Vorherrschaft auf dem Meer statt.

Die Karthager
Nach der Überlieferung wurde die Stadt Karthago an der Küste des heutigen Tunesien im Jahr 814 v. Chr. von Kolonisatoren aus Tyrus gegründet. Im 7. und 6. Jahrhundert wurde Karthago die Hauptstadt eines großen Reiches mit weiten Handelsbeziehungen.

Die Griechen
Sie wurden in der Schlacht bei Alalia geschlagen und damit endete ihre Expansion im westlichen Mittelmeer.

DIE INSEL DELOS

Delos war in der griechischen Mythologie der Sitz des Gottes Apoll, dort wurde auch die Kasse des Delisch-attischen Seebundes aufbewahrt. 478 v. Chr. zur Verteidigung gegen die Perser gegründet, wurde dieser Bund zum wichtigsten politischen Machtinstrument der Athener.

Handel in Delos

Ab dem 4. Jahrhundert war Delos einer der wichtigsten Umschlagplätze der Ägäis. In seinem Hafen legten Handelsschiffe mit Waren aus allen damals bekannten Ländern an: Manufakturwaren, Tuche, Getreide, Öl und Sklaven. Im Römischen Reich wurde Delos zum Haupthandelsplatz für Sklaven.

Wein, Stoffe und auch Sklaven. Auf Grund von konkreten Anforderungen ihres Handels entwickelten die Phönizier die erste Buchstabenschrift, deren Alphabet nur aus Konsonanten bestand. Der Seehandel mit allen Völkern des Mittelmeerraums sorgte für eine rasche Verbreitung der Schrift. Dieser Handel weitete sich ab 1000 v. Chr. immer stärker aus. In den Hafenstädten am Mittelmeer standen den Phöniziern und anderen seefahrenden Völkern die geeigneten Orte zur Verfügung, wo fremden Kaufleuten das Recht eingeräumt wurde, zu wohnen und Handel zu treiben.

Die Griechen

Das Volk, dessen Name mit einer der größten Kulturen in der Menschheitsgeschichte verbunden ist, bildete sich in den letzten Jahrtausenden v. Chr. aus der Begegnung zwischen den einheimischen Stämmen Griechenlands und den indogermanischen Völkern, die in großen Schüben bis an die

Das Geld

Die Verbreitung des Geldes ab dem 7. Jahrhundert v. Chr. signalisierte den Griechen den Übergang von der rein landwirtschaftlich geprägten zu einer Handelswirtschaft. Zuvor waren Viehzucht und kriegerische Auseinandersetzungen die wichtigsten Betätigungen gewesen, nun gewannen auch Handel und Verkehr an Bedeutung.

Abbildungen links:

1. Silbermünze aus Kleinasien, etwa 500 v. Chr.;
2. Silbermünze aus Syrakus, 400 v. Chr.;
3. Goldmünze aus Karthago, 4. Jh. v. Chr.
4. Silbermünze aus Tarent, 3. Jh. v. Chr.;
5. Goldmünze aus Thrakien, 3. Jh. v. Chr.;

Ägäis vordrangen. Die Griechen waren ein Volk von kühnen Seefahrern und geschickten Bauern. Sie befuhren das Mittelmeer und das Schwarze Meer und gründeten auf der Suche nach neuem Land überall Kolonien, da auf der Griechischen Halbinsel die Erträge der heimatlichen Felder für die stark wachsende Bevölkerung nicht mehr ausreichten. Dabei besetzten die griechischen Kolonisatoren die besten Gebiete und stellten in den an der Mittelmeerküste gegründeten Städten die gleichen Lebensbedingungen her wie in Griechenland. Auch als Kaufleute bewiesen die Griechen in den Kolonien großes Geschick.

Einige griechische Niederlassungen hatten reinen Handelscharakter. In diesem Fall sprach man nicht von Kolonien, sondern von Handelsplätzen. Besonders die Bewohner der griechischen Stadt Phokaia gründeten einige Handelsplätze an der Küste des heutigen Südfrankreich. Marseille und einige Städte in Südspanien entstanden auf diese Weise.

Die Prägung von Münzen

Die Gründung zahlreicher Handelsstädte sowohl durch die Phönizier, deren wichtigste Karthago in der Nähe der heutigen Stadt Tunis in Nordafrika war, als auch durch die Griechen und durch ein mittelitalienisches Volk geheimnisumwitterter Herkunft, die Etrusker, machte den Mittelmeerraum in der ersten Hälfte des letzten Jahrtausends v. Chr. zu einem Wirtschafts- und Verkehrsraum. Eine spezielle Ware, die Sklaven, spielte für die Entwicklung des Handels eine bedeutende Rolle und nahm deshalb einen besonderen Platz im Handel ein. Im 7. Jahrhundert v. Chr. erfolgte die Einführung der Prägemünzen. Eine Münze zu prägen bedeutet, einem Metallstück ein Merkmal aufzudrücken. Die ersten Münzen, von denen wir Kenntnis haben, wurden im Reich der Lyder in Kleinasien von König Krösus geprägt. Das Prägemetall war bei diesen Münzen das Elektron, eine Gold-Silber-Legierung. Im Altertum war das Silber das bevorzugte Münzmetall, besonders in der mächtigsten und blühendsten griechischen Polis, in Athen, wo man über außerordentlich reiche Silbervorkommen verfügte und große Mengen des Metalls gewinnen konnte.

Das Geld war in der Antike das Rückgrat des Heeres, das Mittel, um die Soldaten zu bezahlen, aber auch ein unverzichtbares Tauschmittel. Die geringe Bedeutung, die das Geld in der Wirtschaft des Altertums und zum Teil im vorindustriellen Zeitalter hatte, liegt darin begründet, dass es in der zu jener Zeit bestimmenden Wirtschaft, der Landwirtschaft, wenig Verwendung erfuhr. Auch hatte man als Rechnungseinheit ursprünglich Tiere wie Schafe und Ziegen oder Getreide verwendet.

DER TETRADRACHMON VON ATHEN

Auf der Vorderseite war der Kopf der Göttin Athene abgebildet, auf der Rückseite eine Eule, das Symbol der Schutzherrin Athens. Die Münze war aus Silber und wurde zusammen mit den Münzen von Ägina und Korinth zum wichtigsten Zahlungsmittel im 6. Jahrhundert. London, Britisches Museum.

Die Stollen

Zu den meist rechteckigen, 2 x 1,5 Meter großen Bergwerksstollen gelangte man durch horizontale Tunnels, die auch für die Ableitung des Grundwassers benützt wurden.

Die Geologie

Der Boden besteht aus drei Schichten kalkhaltigen Minerals oder Marmors, die durch zwei Schichten Glimmerschiefer getrennt sind und manchmal von Granit und Gabbro durchzogen sind.

DIE SILBERMINEN VON LAURION

In Athen wurden bis zum Ende des 5. Jahrhunderts nur Silbermünzen geprägt. Aus der Verpachtung der Silberminen bezog die Polis reiche Einnahmen.

Die Beleuchtung
Von der Decke hingen Lampen. Sie hatten einen Docht, der aus einer Amphore herausragte.

Die Abbautechnik
Das gewonnene Mineral war meist Galenit oder Bleiglanz mit einem hohen Anteil an Silber, sodass die Minen von Laurion als Silberminen bekannt wurden. Das Mineral wurde mit Spitzhacken aus dem Stein gehauen und in Körben gesammelt.

Die griechisch-römische Welt

Im letzten Jahrtausend v. Chr. erlebten die klassischen Kulturen des Mittelmeerraums einen wirtschaftlichen Aufschwung, wie er in Europa erst wieder nach dem 13. Jahrhundert n. Chr. eintreten sollte. Das Recht auf Grundeigentum, Sklavenarbeit und die Pax Romana waren die bestimmenden Faktoren.

Der Mittelmeerraum

Athen, die attische Stadt im Herzen Griechenlands, ist im 5. Jahrhundert v. Chr. die Wiege der klassischen Kultur, die zum Ursprung westlicher Kunst und Gedankenguts wird und in der sich die erste historische Ausformung der Demokratie zeigte. Im Zusammenhang mit ihr müssen wir das Neue des Beitrags suchen, den Athen und das antike Griechenland zur Wirtschaftsgeschichte der Welt leisteten, neben anderen historisch bemerkenswerten Fakten wie dem Besitz Athens an den Silberminen von Laurion, die entscheidend waren für die Aufrechterhaltung seiner wirtschaftlichen und politischen Machtstellung. Athen und das antike Griechenland haben zusammen mit Rom eine wirtschaftliche Voraussetzung entwickelt, die für das Altertum völlig neu war: das den Bürgern der Gemeinden übertragene Privateigentum an Grund und Boden. Griechen und Römer waren

DAS MITTELMEER
Die antiken Kulturen Griechenlands und Roms hatten vieles gemeinsam. Man spricht deshalb von der griechisch-römischen Zivilisation. Das Mittelmeer bildete mit seiner Wirtschaft und seinen Produkten den gemeinsamen Rahmen.

Die Schifffahrt
Der Handel mit den Wirtschaftsgütern vollzog sich vor allem auf dem Seeweg, wobei man in Küstennähe segelte. Von der Meerenge von Gibraltar im Westen des Mittelmeeres bis zum Schwarzen Meer dauerte die Schifffahrt zwei Monate.

vom 1. Jahrtausend v. Chr. bis weit ins folgende Jahrtausend hinein die reichen und kulturell bestimmenden Mächte im Mittelmeerraum mit seinem Klima der feuchten Winter und trockenen Sommer. Mit Beginn der Eisenzeit konnte in den fruchtbaren Küstengebieten und den Tälern im Inland eine trockene Landwirtschaft entwickelt werden, die sich von der Bewässerungswirtschaft des Vorderen Orients unterschied. Die Hauptprodukte waren Getreidesorten sowie Trauben und Oliven, aus denen Wein und Öl gewonnen wurde.

Die Wirtschaftsformen des Altertums

Die Landwirtschaft der Flusskulturen im Vorderen Orient hatte eine komplexe, zentralisierte Organisation der Gesellschaft erfordert. Dem Tempel war das Eigentum an Grund und Boden vorbehalten, die Priesterschaft bestimmte, wie viel Land jeder Einzelne zur Bearbeitung übertragen be-

Transhumanz
Bei dieser im Mittelmeerraum praktizierten Form der Fernweidewirtschaft werden die Herden im Sommer zum Weiden in die Berge getrieben und im Winter in die geschützten Täler.

Wein, Oliven, Getreide
Seit Jahrhunderten stellten Wein, Öl und Brot die Grundnahrungsmittel in den Wirtschaftsgebieten des Mitelmeeres dar.

Die Berge
Charakteristisch für die Mittelmeerlandschaft sind die Berge im Hinterland.

kam. Die Landwirtschaft der Griechen und Römer zeichnete sich jedoch immer dadurch aus, dass der Boden Privateigentum – manchmal weniger und manchmal vieler Bürger – war. In der griechisch-römischen Welt gab es eine Verhältnismäßigkeit zwischen dem Grundeigentum, in dem sich der Reichtum des Einzelnen ausdrückte, und den bürgerlichen und politischen Rechten, die daraus entstanden. Diese Rechte bedeuteten vor allem die Möglichkeit, sich Bürger zu nennen und Mitglied des Heeres zu sein. So entwickelte sich der Begriff des Landwirts, mit dem man eine Person definieren wollte, die im Unterschied zum dienstbaren Arbeiter der altorientalischen Reiche in ihrer Existenz und hinsichtlich ihrer sozialen und politischen Stellung von den Rechten abhing, die ihr aus dem Grundbesitz erwuchsen und, als Familienoberhaupt, aus der Arbeit der Familienmitglieder.

Das Wort »Ökonomie« (Wirtschaft)

Der Begriff der Ökonomie stammt aus dem Griechischen und bezeichnet die Ordnung und Verwaltung des Hauses. Durch wen? Durch jemanden, der nicht im Dienste eines Anderen stand, wie etwa der ägyptische Arbeiter im Dienst der Beamten des Pharaos, sondern Herr seiner selbst war und der Dinge, die seiner Autorität unterstanden.

Der Landwirt der antiken Welt wurde somit zum Hauptakteur der Wirtschaftsgeschichte seiner Zeit. Das beeinflusste natürlich die gesellschaftlichen Auseinandersetzungen und die Politik. Die vorherrschende Verteilung des Bodens unter wenigen Besitzern großer Landstriche statt in kleinen Grundstücken an viele Bauern war einer der Gründe für die Kämpfe in den griechi-

Figuren auf einer Vase
Um das 8. Jahrhundert v. Chr., zur Blütezeit der geometrischen Kunst, erscheinen in den Dekorationen der Vasen die ersten Figuren. Unsere Abbildung zeigt einen Ausschnitt aus einer Amphore mit schwarzen Figuren, die dem Meister von Thaledes zugeschrieben wird. Zwei Männer wiegen auf einer großen Waage einen Behälter, in den ein dritter Mann einen Topf entleert. 540 v. Chr. (New York, Metropolitan Museum)

DAS HANDWERK

In Griechenland wurden handwerkliche Arbeiten vor allem von Angehörigen fremder Völker ausgeführt, die keine politischen Rechte besaßen. Von allen handwerklichen Tätigkeiten war die der Töpferei die angesehenste.

Die Bildhauerei
Seit dem 8. Jahrhundert v. Chr. schufen die Griechen zuerst Flachreliefs und dann Marmorstatuen, später gingen sie zum Bronzeguss über. Griechische Statuen wurden in allen Epochen bewundert.

Der Töpfer
In Athen herrschte in den Töpferwerkstätten eine rege Tätigkeit. Die Produktion musste die hohe Nachfrage nach Geräten des täglichen Gebrauchs befriedigen.

Die Agora
Sie war das politische, wirtschaftliche und kulturelle Zentrum aller griechischen Städte.

schen Poleis und viele Jahre lang auch in Rom. Die Verteilung des Bodens bestimmten auch die verschiedenen Regierungsformen, die der ursprünglichen Monarchie folgten, wie die Oligarchie, also die Herrschaft weniger, die Herrschaft des Adels und die Demokratie. Den harten Lebensbedingungen, unter denen im griechischen Stadtstaat Sparta die unterworfene Bauernbevölkerung als Hörige die Erde bearbeitete, entsprach eine oligarchische Regierungsform. Der weiten Verbreitung der Figur des Bürgers und Landwirts in Athen dagegen entsprach im 5. Jahrhundert das goldene Zeitalter der griechischen Demokratie, der ersten der Welt. Auch in der römischen Geschichte, zur Zeit des Übergangs von der Monarchie zur Republik und während der darauf folgenden Jahrhunderte, hatten die

DIE VILLA
Sie wurde seit Ende des 3. Jahrhunderts v.Chr., als infolge der Eroberungskriege große Reichtümer nach Rom flossen und der Adel in Grundbesitz investierte, Mittelpunkt des landwirtschaftlichen Lebens.

Der Herrschaftsbereich
Dieser Bereich, *pars urbana* genannt, war dem Herrn der Villa vorbehalten und enthielt alle Bequemlichkeiten der römischen Architektur.

Die Zweifelderwirtschaft
Sie zielte darauf ab, den Boden nicht auszulaugen. Auf jedem Feld wechselten im Zweijahresrhythmus Fruchtanbau und Weidewirtschaft.

politischen Kämpfe mit der Verteilung von Boden und Besitz zu tun. Schließlich dominierte in der Zeit der späten Republik und des Kaisertums die prunkvolle Villa inmitten eines weiten Besitztums, das Latifundium, als siegreiche wirtschaftliche Lösung.

Die Sklaven

Die Entstehung des Landwirts, der auch Eigentümer und Bürger war, beseitigte jedoch nicht die abhängige Arbeit. Der größte Teil der Angehörigen der antiken Reiche lebte in unterschiedslosen Verhältnissen, bis sich in verschiedenen Gebieten der Erde ein Unterordnungsverhältnis herausbildete, das in der griechisch-römischen Welt eine große Zahl von Menschen betraf: die Sklaven. Erworben oder in Eroberungskriegen gefangen, wurden die Sklaven im Haushalt und im Kriegsdienst eingesetzt, in

Der Dienstbereich
Dieser Bereich, auch *pars rustica* genannt, war den Sklaven vorbehalten. Im Bereich *pars fructuaria* befanden sich die Schuppen mit den für die Arbeit benötigten Gerätschaften.

Die Sklaven
Als Kriegsgefangene wurden sie während der Eroberungskriege in großer Zahl nach Rom geschafft. Gegen Ende des 1. Jahrhunderts v. Chr. waren zwischen zwei und drei Millionen Sklaven in der Landwirtschaft beschäftigt.

Die Lebensbedingungen der Sklaven
Sie waren unterschiedlich. Unsere Abbildung zeigt einen Sklaven, der geschlagen wird, sie ist ein Ausschnitt aus einem Bodenmosaik der Villa Casale aus dem 4. Jahrhundert n. Chr. in Piazza Armerina (Sizilien).

DIE PAX ROMANA

Nachdem rund um das Mittelmeer, das die Römer *mare nostrum* nannten, alle Gebiete erobert waren, begann unter Kaiser Augustus eine längere Phase des Friedens im Reich (*pax romana* = römischer Friede). In dieser Zeit erreichten Transport und Handel landwirtschaftlicher und handwerklicher Güter eine nie dagewesene Ausdehnung.

Die Grenzen des Imperiums

Die wenigen Unruhen, die sich während der Jahrhunderte ereigneten, fanden vor allem an den vom römischen Heer besetzten Randgebieten statt.

Die Legionäre

Sie hatten auch in der zivilen Organisation des Reiches eine wichtige Position inne. Sie bauten des eindrucksvolle Straßennetz und wurden bei der Errichtung von Häusern in den Städten eingesetzt.

der Landwirtschaft, in Handel und Bergbau, als Ruderer auf den Galeeren sowie als Hilfe für die kleinen Bauern. Trotzdem waren Fälle, in denen Sklaven in wichtige politische Positionen aufstiegen, nicht selten. Häufig wurden ehemalige Sklaven auch durch bestimmte Handelstätigkeiten reich, die von Griechen und Römern als unehrenhaft betrachtet wurden. Die Sklavenhaltung war jedenfalls ein bestimmender Faktor in der Antike, deren Wirtschaft von der mit Sklavenarbeit erreichten Produktion bestimmt wurde. Eine Folge davon war aber auch, dass der technologische Fortschritt stagnierte.

Die Pax Romana

Neben der Landwirtschaft, die eine führende Rolle einnahm, bestand jedoch auch eine andere, komplexe Welt, in der Handel und Handwerk ständig wuchsen, das Geld eine bestimmende Rolle spielte und der Staat sich um Steuereinnahmen, Militär-

Die Versorgung
Ein beträchtlicher Teil des öffentlichen Haushalts von Rom wurde für die Erhaltung des kaiserlichen Heeres aufgewendet.

Das Römische Reich
Im Jahr 117 n. Chr. erreichte das Römische Reich unter Kaiser Trajan seine größte Ausdehung. Man kann sagen, dass das Imperium einen riesigen, einheitlichen und fast autarken Wirtschaftsbereich darstellte. Der Handel war sicher in einem Territorium, das von Britannien bis nach Arabien, von den Küsten des Atlantischen Ozeans bis an die Strände des Schwarzen Meeres reichte.

ausgaben und die öffentliche Wohlfahrt kümmerte. Vom Prinzipat des Kaisers Augustus im 1. Jahrhundert v. Chr. bis zum 3. Jahrhundert n. Chr. kontrollierte und befriedete das Römische Reich ein Gebiet, das 4 500 000 Quadratkilometer umfasste. Es reichte von den Küsten des Atlantischen Ozeans bis zum Kaukasus, von Britannien, Germanien und dem Rhein bis zu den Wüsten der Sahara und zum Persischen Golf. Die landwirtschaftlichen Produkte zirkulierten in diesem Riesenreich und ernährten unter anderem auch zahlreiche Nichtstuer, die in der Hauptstadt Rom lebten. Zwischen Orient und Okzident gedieh der Handel, es blühten die großen, auf Sklavenarbeit basierenden landwirtschaftlichen Unternehmen. Die Steuereinnahmen ermöglichten die ungeheuren Ausgaben für Heer und Verwaltung. Für die Völker außerhalb des Reichs war Rom viel mehr das Ziel, das es zu erreichen galt, als ein Feind, den man bekämpfen musste.

Justinian und sein Hof
Unter der Herrschaft des großen byzantinischen Kaisers Justinian über Italien im 6. Jahrhundert n. Chr. wurde die Kirche San Vitale in Ravenna mit Mosaiken geschmückt. Links ein Ausschnitt aus einem Wandmosaik der Jahre 546/47.

Die Wirtschaft
Ihre außergewöhnliche geografische Lage zwischen Europa und Asien, dem Schwarzen Meer und dem Mittelmeer und nahe der Donau sicherte der Stadt Byzanz eine Schlüsselrolle im Handel, außerdem wurden die Kaufleute vom Staat geschützt. Oben: byzantinische Münze (Mailand, Castello Sforzese).

Das Ende der römischen Wirtschaft

Die Wirtschaft des Römischen Reiches basierte auf der Landwirtschaft sowie auf der Leistungsfähigkeit von Verwaltung und Militär, der Überschuss der Landwirtschaft wurde, bei allgemeiner Sicherheit und Frieden, innerhalb des riesigen Territoriums verteilt. Die Erträge des landwirtschaftlichen Überschusses, in Form von Vorräten und Geldsteuern, dienten der Erhaltung des Heeres, des Verwaltungsapparates und der städtischen Bevölkerungen. Doch die Korruption in der Verwaltung, der Verfall des Heeres, der Wiederbeginn der Piraterie und der Druck der Völker am Rande des Reiches verursachten Schwierigkeiten; diese betrafen vor allem die schwächeren Mitglieder des Systems, wie die kleinen Grundeigentümer, die von den ständig wachsenden Steuerlasten erdrückt wurden.
Sklaven gab es immer weniger, da keine

Das venezianische Viertel
Die Kaufleute der Republik Venedig standen immer in engen Handelsbeziehungen zu Byzanz, das die Brücke zum Orient bildete. Oben: das venezianisches Viertel in Konstantinopel, in: Marco Polo, *Il Milione* (Paris, Bibliothèque nationale).

BYZANZ
Dies war der ursprüngliche Name der Stadt, die dann von Kaiser Konstantin in Konstantinopel umgetauft wurde. Die Osmanen gaben ihr den heutigen Namen Istanbul. Byzanz war bis 1453 die Hauptstadt des Oströmischen Reiches.

Viele Kulturen
Zahlreiche Kulturen haben sich in Byzanz getroffen: die römische, griechische, arabische, türkische und islamische. Am Kreuzungspunkt zwischen Orient und Okzident war Byzanz die Wiege des griechisch-orthodoxen Christentums. Oben: eine Ansicht der Stadt. Lateinisches Manuskript (Paris, Bibliothèque Nationale).

Eroberungskriege mehr geführt wurden. Die Städte entvölkerten sich, da ihre Versorgung mangelhaft war, die verarmten Bauern traten in die Dienste der Großgrundbesitzer. Man versuchte das Kolonat einzuführen, wobei die Bauern in einer Erbpacht an die Scholle gebunden wurden. Alle Verbesserungsversuche scheiterten und die Wirtschaft wies schließlich wieder die ursprünglichen Merkmale einer reinen Selbstversorgungswirtschaft auf. Die Städte verloren an Bedeutung, die Villen der Großgrundbesitzer wurden immer mehr zu Festungen. Staat und Wirtschaft stützten sich gegenseitig nicht mehr, der Verfall des Weströmischen Reiches im 5. Jahrhundert war nicht mehr aufzuhalten. Das Oströmische oder Byzantinische Reich hielt noch tausend Jahre stand. Die auf Landwirtschaft und Handel beruhende Wirtschaft stützte Bürokratie und Militär, Garanten der Sicherheit im Oströmischen Reich.

Das europäische Mittelalter

In den tausend Jahren nach dem Untergang des Römischen Reiches verweilte der Westen Europas zunächst in einer tiefen Krise und Unterlegenheit gegenüber den orientalischen Zivilisationen der Chinesen und Mohammedaner. Doch dann stellte sich ein wirtschaftlicher, kultureller und politischer Aufschwung ein.

Das Frühmittelalter

Die erste Hälfte der allgemein Mittelalter genannten Epoche der europäischen Geschichte, das heißt die Zeit vom 6. bis zum 10. Jahrhundert, wurde Zeuge zahlreicher Umwälzungen: Das waren die großen Wanderungen der germanischen, slawischen und mittelasiatischen Völker, die fortschreitende Christianisierung der Völker, die aus der Verbindung von alten und neuen Bewohnern Westeuropas entstanden, die politische Zersplitterung und die darauf folgenden Versuche, das vom Frankenkönig Karl dem Großen geschaffene neue Reich zu bewahren und die erneuten, zerstörerischen Einfälle, und zwar der Sarazenen, Wikinger und Ungarn. Die größte Veränderung in der Wirtschaft jener Epoche bestand darin, dass zum ersten und einzigen Mal in der gesamten europäischen Geschichte die Städte ihre Funktion als Wirtschafts- und Verwaltungszentren

DIE FEUDALWIRTSCHAFT

Die Feudalwirtschaft basierte auf den *villae* oder *curtes*, großen Wirtschaftshöfen, in denen die Herren starke wirtschaftliche, gerichtliche und politische Macht ausübten. Die von der *villa* aus gebildete Villikation bestand nicht immer aus einem geschlossenen Gebiet, sie konnte auch weit verstreute Territorien umfassen. Sie hatte immer zwei Teile: das Salland und das Bauernland.

Das Bauernland
Diesen Teil der Villikation bearbeiteten Bauern für sich, die jedoch der Rechtsprechung des Herrn unterstanden und verpflichtet waren, zu bestimmten Zeiten auf dem Salland Frondienst zu leisten.

Das Salland
Dieser Teil der Villikation wurde vom Grundherrn direkt bewirtschaftet und vor allem von Leibeigenen bearbeitet.

vollkommen verloren, die sie immer bekleidet hatten, auch zu Zeiten, in denen die Landwirtschaft dominierend war. Nur in den griechischen Poleis hatten Stadt und Land das gleiche Gewicht, waren die Bewohner der Stadt Athen und die Athener, die im übrigen Attika lebten, durch die gleichen Lebensbedingungen vereint. Im Frühmittelalter veränderte sich das Verhältnis Stadt – Land vollkommen. Die von Wall und Graben ummauerten Städte hielten weiterhin ihre Verteidigungsfunktion aufrecht, als Bischofssitz bewahrten sie ihre religiöse Führungsposition, außerdem beharrten sie auf einigen angesehenen Handwerkstätigkeiten. Das wirtschaftliche Zentrum verlagerte sich aber auf die *villae*, die weit auf dem Land verstreuten großen Wirtschaftshöfe der mächtigen Herren. Das Land selbst zeigte ebenfalls ein neues Gesicht, es war entvölkert, brachliegende Flächen und ausgedehnte Wälder übertra-

Die Verkehrswege
Der Untergang des Römischen Imperiums hatte zum Verfall des Straßennetzes und zum Niedergang des Handels zu Wasser und zu Lande geführt. Die Villikation bildete eine unabhängige, autarke Wirtschaftseinheit.

Das Land
Das Land hatte die Vormacht gegenüber der Stadt gewonnen, die nicht mehr Ort der politischen Macht und des Warenaustausches war.

Die Stadt
Im Abendland blühten die Städte erst wieder ab dem 11. Jahrhundert auf.

fen die Anbauflächen. Es entstand eine vergleichsweise primitive Wirtschaft, die auf die Selbstversorgung ausgerichtet war, die so genannte Villikationswirtschaft.

Das Feudalsystem

Die Bauern des Mittelalters bebauten den von den Mächtigen in Pacht genommenen Boden, zusätzlich bearbeiteten sie noch mit ihren eigenen Mitteln andere, vom adeligen Grundeigentümer direkt kontrollierte Teile, deren Ertrag vollständig an die Eigentümer abgeliefert werden musste.

Zwischen dem 9. und 11. Jahrhundert verbreitete sich in Europa wegen der Instabilität des Franken- und der Nachfolgereiche und der Angst vor Invasionen das Feudalsystem oder Lehnswesen, bei dem es sich um ein rechtliches und politisches System handelte, das auf einem persönlichen Dienstverhältnis aufgebaut war. Entstanden als private Treuebeziehung zwischen dem König und seinen Vasallen - wobei der König den Vasallen Grundnutzung gewährte und diese ihm Treue und militärischen Beistand gelobten –, wandelte sich der Feudalismus bald zu einer Form lokaler Machtausübung. Der Lehnsmann erhielt vom König das Erbrecht an seinem Lehen, aus dieser Praxis entstand eine neue europäische adlige Oberschicht. Das System wurde zu einer Form der ländlichen Ordnung, die auf Eigentum und wirtschaftlicher Nutzung des Bodens durch den Herrn beruhte sowie auf der Befehlsgewalt des Herrn über die auf seinem Grund und Boden lebenden Untertanen. Viele Bauern hatten zwei Herren: den Eigentümer des von ihnen gepachteten Bodens und den Herrn des Gebiets, dem sie Steuern und Abgaben verschiedener Art leisten mussten.

Neuerungen
Der Pflug mit Streichblech, das heißt mit einem gekrümmten Blech zum Wenden und Ablegen der Erde, war – wie auch der Ersatz des Ochsen als Zugtier durch das Pferd – ein entscheidender Fortschritt. Oben: Feldarbeit vor Einführung der neuen Technik. Miniatur des 11. Jahrhunderts aus *De Universo* des Theologen Hrabanus Maurus (Montecassino, Archivio dell'Abbazia).

Der Pflug
Neuerungen waren entscheidend für die Entwicklung der Landwirtschaft. Insbesondere erlaubte die Erfindung des Streichblechs ein tiefer gehendes Pflügen des Erdreichs.

DIE LANDWIRTSCHAFTLICHE »REVOLUTION«

Dem Bevölkerungswachstum im 10. Jahrhundert entsprachen die Erweiterung der Anbauflächen, die Einführung der Dreifelderwirtschaft sowie zahlreiche technische Neuerungen.

Das Abholzen der Wälder
Die Wälder wurden durch Feuer oder, häufiger, durch Schlagen der Bäume zur Holzgewinnung zurückgedrängt. Die landwirtschaftlichen Betriebe des Mittelalters wiesen sehr unterschiedliche Dimensionen auf, von 6 bis 150 Hektar.

Die Produkte
Getreide stellte den größten Teil des Betriebsvermögens dar. In feuchten Gebieten baute man Flachs und Hanf sowie einige Pflanzen zur Gewinnung von Farbe an. 10–15 Prozent des Bodens waren von Weinbergen bedeckt.

Der Aufstieg des Westens

Um das Jahr 1000 n. Chr. zeigten sich die ersten Anzeichen für ein Wachstum von Bevölkerung und Wirtschaft. Zwischen dem 11. und der ersten Hälfte des 14. Jahrhunderts nahm die Bevölkerung in Westeuropa erheblich zu, man vermutet einen Anstieg von ungefähr 22 bis 25 Millionen im Jahr 1000 auf nahezu 90 Millionen im 14. Jahrhundert.

Zahlreiche Neuerungen und Verbesserungen von Verfahren und Geräten steigerten die landwirtschaftliche Produktion. Die Wassermühle fand überall Verbreitung, sie blieb bis zur industriellen Revolution im 18. Jahrhundert die wichtigste Energiequelle. Durch Wasser angetriebene Ölpressen, Sägemühlen und Walkmühlen zur Bearbeitung von Tuchen wurden immer zahlreicher. Das Pferd konnte durch die Einführung eines neuen Jochs, das die Kraft des Tieres besser umsetzte, wirksamer genutzt werden, sodass ein neuer Pflug mit tiefer gehender Schar eingesetzt werden konnte. Die Anbauflächen vergrößerten sich, das Vordringen der Wälder wurde aufgehalten, deren Wildschweine während des Frühmittelalters eine wichtige Nahrungsquelle gewesen waren.

Die Vermehrung der landwirtschaftlich genutzten Flächen und die neuen Technologien trugen dazu bei, dass die landwirtschaftliche Produktion mit dem Bevölkerungswachstum Schritt halten konnte. Es kam zu Überschüssen, somit konnten auch die Städte versorgt werden. Das Wiederaufblühen der Städte war das zweite Phänomen des Aufschwungs Europas. Zum landwirtschaftlichen Fortschritt und zur Entwicklung der Städte kam eine »Revolution« im Schiffswesen und im Handel.

MÖNCHE IN DEN STÄDTEN

Zusammen mit den Städten wuchs seit dem 12. Jahrhundert auch der Einfluss der Kirche. Es war die Zeit der großen Kathedralen und der mächtigen religiösen Orden wie der Franziskaner oder der Dominikaner.

Franz von Assisi
Er verzichtete auf alle Güter seiner reichen Familie. Der von ihm gegründete Bettelorden führte in die christliche Religion das Prinzip vom Reichen ein, der dem Armen helfen muss. Giotto, *Der Verzicht auf die elterlichen Güter*, 1290–1295 (Assisi, Oberkirche).

Santa Maria Novella
Gegen Ende des 13. Jahrhunderts erweiterten die Dominikaner die Florentiner Kirche Santa Maria Novella durch mehrere Seitenschiffe, damit die zu den Predigten kommenden Gläubigen Platz fanden.

Vergrößerung der Kirchen
Die Stadt erweiterte ihren schützenden Mauerring, die kirchlichen Gebäude vergrößerten sich durch angebaute Seiten- und Querschiffe.

Die Wiedergeburt der Städte

Die Einwohnerzahl der Städte stieg vor allem auf Grund der Verstädterung der Landbevölkerung. Nunmehr, im Hochmittelalter, trat das Gegenteil dessen ein, was sich im Frühmittelalter ereignet hatte. Der Fortschritt in der Landwirtschaft verursachte ein Bevölkerungswachstum und einen Überschuss an Produkten, mit denen Handel getrieben und die steigende Konsumnachfrage in den Städten befriedigt wurde. Für Entstehung und Wachstum der mittelalterlichen Städte gibt es verschiedene Gründe. Viele Städte entstanden aus alten römischen Siedlungen, andere auf Grund des ungewöhnlichen Aufschwungs, den der Fernhandel in jener Epoche erfuhr. In allen Städten zeigte sich folgende Erscheinung: Handwerker und Kaufleute schlossen sich zu den so genannten Gilden, Innungen, Zünften oder Hansen zusammen. Die Mitgliederzahl die-

DIE »REVOLUTION« DER SCHIFFFAHRT

Der Kompass charakterisiert die revolutionären Erneuerungen, welche die Schifffahrt im Mittelalter erlebte. Venedig war führend im Bau neuartiger Schiffe.

Die kleine Galeere
Sie besaß jeweils zwei Ruder, war schnell und wendig und wurde für Kriegszwecke oder als Schnellschiff eingesetzt.

Die Karacke
Es handelt sich um einen bauchigen Viermaster, der seit dem 15. Jahrhundert als Fracht- wie Kriegsschiff zum Einsatz kam.

ser Zusammenschlüsse war beschränkt, es herrschten sehr strenge Bestimmungen und meist entwickelte sich innerhalb dieser Gemeinschaften ein eigenes Recht. In der wirtschaftlichen Blütezeit des Hoch- und Spätmittelalters waren diese Berufsverbände die einflussreichste Bürgergruppe.

Die »Revolution« der Schifffahrt

Eine neue Methode, um Informationen über Entfernungen und Schiffsrouten zu kombinieren, führte zur Entstehung der Seekarten. Gleichzeitig entdeckte man auch eine Möglichkeit, die Himmelsrichtung und somit die Schiffsroute zu bestimmen. Auf einer Windrose wurde eine auf einer Pinne gelagerte und um sich selbst drehende Magnetnadel befestigt, diese Kompassrose wurde in einem Behälter befestigt, der auf die Schiffsachse ausgerichtet war. So konnte man das Meer auch im Winter befahren, bei schlechter Sicht der

Die große venezianische Galeere
Nach 1320 erhielten die Galeeren drei Ruder. Sie waren wendige und leicht zu verteidigende Schiffe. Außerdem besaßen sie einen Laderaum für eine Fracht bis zu 150 Tonnen.

Die Kogge
Sie wurde nach 1300 für die Schifffahrt im Mittelmeer eingesetzt. Sie hatte ein einziges Steuer am Heck, zwei Masten, ihr zweites Segel war quadratisch.

GELD UND FINANZEN

Die Expansion von Wirtschaft und Handel führte im 13. Jahrhundert zur Prägung von wertvollen Münzen wie den venezianischen Silber- und den florentinischen Goldmünzen. Das warf die Frage nach der Parität zwischen dem Metallwert der Münzen auf.

Der Wechselbrief

Mit dem Wechsel konnte ein Gläubiger von seinem Schuldner die Zahlung einer Summe an einen Dritten verlangen, der auch eine Bank sein konnte.

Antwerpen

Die Stadt in Flandern stieg im 15. Jahrhundert zur Hauptstadt des europäischen Handels auf. Der Wechselbrief wurde vielfach für den Geldtransfer eingesetzt.

Die italienischen Kaufleute

Sie benützen den Wechselbrief seit dem 14. Jahrhundert.

Die Champagne
Unter ihren Grafen entwickelte sich die Champagne zu einem blühenden Wirtschaftszentrum mit bedeutenden Messen, die im 12. Jahrhundert zum Treffpunkt für Kaufleute aus Nord- und Südeuropa wurden. Oben: eine Münze der Grafen.

Sterne. Die Venezianer, die mit den Genuesen die Schifffahrt im Mittelmeer beherrschten, modernisierten ihre Flotte und erlangten mit der Entwicklung der großen Galeere die Vorherrschaft.

Die »Handelsrevolution«

Der Handel wurde durch den landwirtschaftlichen Erfolg angeregt und fand seinen Schwerpunkt in den Städten, in denen auf den Wochenmärkten die Produkte des Landes angeboten wurden. Die zu allen Jahreszeiten veranstalteten Messen galten vor allem wertvollen, aus fernen Ländern stammenden Produkten. Als Erste nahmen die Venezianer den Handel mit dem Fernen Osten, mit Indien und der islamischen Welt wieder auf. Außer im Mittelmeerraum, mit dem Zentrum in den Seerepubliken Norditaliens, entwickelte sich der Handel auch in Nordeuropa. Ein wichtiger Handelsweg verband England, Nordfrankreich, Skandinavien und Russland. Der Mittelpunkt war Flandern, ein Gebiet mit hoher Warenproduktion. Die beiden Handelsgebiete im Norden und Süden standen auf dem Landweg miteinander in Verbindung, da der Seeweg durch die an der Straße von Gibraltar sitzenden Mohammedaner blockiert war. Nord und Süd trafen sich in der Region Champagne. Hier fanden die wichtigsten Messen der Zeit statt: Leder, Wollstoffe, Seide, Spezereien aus dem Orient, Pferde und Pelze aus dem Norden waren die gefragten Produkte. Der wachsende Handel regte auch die Bildung eines Geld- und Finanzsystems an. Auf diese Zeit geht auch die Erfindung der doppelten Buchführung zurück, die für die zuverlässige Durchführung und Kontrolle der Unternehmen notwendig geworden war.

Der Geldumlauf
In Frankreich und England behaupteten sich die Münzen des Königs vor den Münzen der Fürsten.

Asien vor der europäischen Vorherrschaft

Viele Jahrhunderte lang gab es auf der Welt verschiedene, voneinander ziemlich isolierte Wirtschaftsgebiete: Europa gehörte dazu, im Orient gab es blühende Länder wie Indien, China, Japan und die arabische Welt. Ab dem 16. Jahrhundert begann der Orient sich abzuschotten.

Südasien

Wie wir bereits erfahren haben, entstand die älteste bekannte Zivilisation, die auf dem indischen Subkontinent Spuren hinterlassen hat, am Indus. Viele Jahrhunderte nach ihrer Blütezeit drangen um die Hälfte des 2. Jahrtausends v. Chr., zur Zeit der großen Völkerwanderungen, indoarische Stämme durch die nordwestlichen Ebenen in Indien ein. Man nimmt an, dass die Indoarier zum Zeitpunkt ihrer Wanderung Nomadenvölker waren, die Viehzucht betrieben und sich mit schweren Transportwagen bewegten. Später wurden sie teilweise sesshaft und widmeten sich dem Anbau von Getreide in Wachstumszyklen von sechs Monaten. Sie verfügten über riesige Herden mit Rindern, Schafen, Pferden und Kamelen, wodurch ihre Fleischnahrung gesichert war. Zu jener Zeit war dort das Essen von

DAS NOMADENTUM

Nach dem Untergang der Induskultur zwischen 1500 und 1000 v. Chr. drangen kriegerische Nomadenvölker in mehreren Wellen aus dem Westen nach Indien ein: die Indoarier.

Die Wagen
Die Indoarier bewegten sich mit schweren Wagen, die mit Vollrädern ausgestattet und von Rindern gezogen wurden. Die Wagen wurden auch als Wohnungen benutzt.

Ein Feld
In einer Ebene angekommen, blieben die Stämme dort einige Monate. Sie stellten die Transportwagen im Kreis auf, die Kriegswagen blieben außerhalb. Die Tiere wurden in der Mitte des zeitweiligen Dorfes gehalten.

Fleisch noch ohne Einschränkung erlaubt. Erst der Hinduismus gebot die Verehrung des Tieres, die heiligen Kühe konnten sich frei bewegen und durften weder getötet noch gegessen werden. In Asien war es häufig der Fall, dass die Religion einen größeren Einfluss auf die Wirtschaft hatte als jede Regierungsform. Nach dem Jahr 1000 v. Chr. trat eine jahrhundertelange Trockenperiode auf und bereitete der einheimischen Landwirtschaft große Schwierigkeiten. Die dichten Wälder zwischen den Flüssen Indus und Ganges lichteten sich, was den indoarischen Stämmen das Vordringen nach Nordosten und allmählich nach Mittel- und Ostindien erleichterte.
Seitdem war die Geschichte des indischen Subkontinents durch Epochen gekennzeichnet, in denen die Regionen der beiden Flussbecken vereint waren, und Epochen

Die Kriegswagen
Die militärische Überlegenheit der Indoarier basierte auf dem Einsatz von Kriegswagen mit Speichenrädern, die von einem oder mehreren Pferden gezogen wurden.

DER BUDDHISMUS

Er war immer prägend für das Leben in Asien. Er ist keine Religion im eigentlichen Sinne, sondern vielmehr eine philosophische Haltung.

Die Verbreitung

In Indien fand der Buddhismus rasche Verbreitung unter Kaiser Asoka (273 – 237 v. Chr.). China erreichte der Buddhismus im 1. Jahrhundert n. Chr. Er war lange Zeit vorherrschend in Vietnam und Korea. Von dort aus gelangte er im 7. Jahrhundert nach Japan.

Das Almosen

Der Buddhismus war die erste der Weltreligionen, die das Gebot aufstellte, dass der Reiche dem Armen helfen müsse.

Ein Buddha
Diese mächtige, fast siebzig Meter hohe Statue wurde in die Felsen von Leshan in der Provinz Szechwan (Sichuan) gemeißelt (8. Jahrhundert). Das winzige Dach am linken Fuß gibt eine Vorstellung von der Größe der Statue.

wie der jetzigen, in der sie politisch getrennt waren. Um das 5. Jahrhundert v. Chr. bestand die Bevölkerung Indiens aus ungefähr dreißig Volksstämmen.
In jener Zeit fanden heftige politische Auseinandersetzungen und ein Prozess der Verstädterung statt. In dieser Zeit siedelt man im Allgemeinen die Entstehung des Buddhismus an, der sich im Gangesgebiet als Gegenpart zu der von den Indoariern eingeführten brahmanischen Religion entwickelte. Der Buddhismus war die erste Religion, die das Mönchtum einführte, dessen Mitglieder absolute Besitzlosigkeit schworen. Auch diese Religion beeinflusste die Wirtschaftsgeschichte Indiens. Im 1. Jahrhundert v. Chr. regte der Buddhismus Bautätigkeit und künstlerische Entwicklung an und schuf Arbeit und Lebensunterhalt für Millionen von Menschen.

China

Von Indien ausgehend, verbreitete sich der Buddhismus nach Norden und erreichte um die Mitte des 1. Jahrhunderts n. Chr. China.
Zu jener Zeit reformierte die Han-Dynastie, die sofort nach der Einigung Chinas die Macht ergriffen hatte, die chinesische Landwirtschaft. In der Geschichte von Wirtschaft und Politik Chinas wiederholten sich immer wieder einige grundlegende Aspekte. In erster Linie gab es den Gegensatz zwischen Kräften, die eine zentralistische Regierung anstrebten, und solchen, welche die Zersplitterung in ein Lehnssystem bevorzugten. Typisch sind außerdem auch die unterschiedlichen Entwicklungen und Lebensbedingungen in Nord- und Südchina. Weitere wichtige Ereignisse in der chinesischen Geschichte sind die

Einfälle fremder Volksstämme und die wiederholten heftigen inneren Unruhen. Ein grundlegendes Merkmal der Wirtschaftsgeschichte Chinas in den ersten 1500 Jahren nach seiner Einigung, das heißt von 221 v. Chr. bis zur mongolischen Eroberung Ende des 13. Jahrhunderts n. Chr., sind die wiederholten Versuche der Kaiser und der aufgeklärten Minister, den landwirtschaftlichen Reichtum Chinas besser zu erschließen. Die Bemühungen liefen immer darauf hinaus, sich den übermächtigen Großgrundbesitzern entgegenzustellen und Agrarreformen durchzuführen, um den Boden so zu verteilen und zu organisieren, dass die Arbeit und die Lebensbedingungen der Stadtbevölkerung gesichert waren. Dies geschah mit den Reformversuchen des Kaisers Wang-hang (9 –25 n. Chr.), mit der Agrarreform der Yin-Dynastie (280 –317 n. Chr.) und mit der Reform der T'ang-Dynastie, die ab dem 7. Jahrhundert n. Chr. eine stürmische wirtschaftliche Entwicklung zur Folge.

Die Reformen des Kaisers Wang An-shih (1019 – 1086) gehörten zu den bedeutendsten Versuchen, dem Staat mit Hilfe eines dirigistischen Systems Eingriffsmöglichkeiten in die Wirtschaft zu verschaffen. Doch während der folgenden ständig wechselnden Herrschaften zwischen Konservativen und Reformern wurden die Reformen des Wang An-shih zunichte gemacht. Von außen verstärkte sich der Druck der mittelasiatischen Völker immer mehr.

Die Pax Mongolica

Im 13. Jahrhundert veränderte ein Ereignis vollkommen das Gesicht großer Gebiete in Europa und Asien. Die Mongolen, ein

DER SCHUTZ DER LANDWIRTSCHAFT

Nach der Blütezeit unter der T'ang-Dynastie (618 – 907) erlebte China eine von Krisen und politischer Spaltung gekennzeichnete Phase, die für die Kleinbauern große Schwierigkeiten mit sich brachte. Die Großgrundbesitzer, die Steuerfreiheit genossen, eigneten sich oft riesige Gebiete an.

Wang An-shih
war ein großer Reformer der Wirtschaft im 9. Jahrhundert. Er lagerte Getreide, das er in ertragreichen Jahren erwarb, in besonderen Speichern und verkaufte es in Zeiten des Mangels zu niedrigen Preisen. So versuchte der Staat bei Teuerungen in Mangelzeiten die Schwierigkeiten zu überwinden, die den Kleinbauern entstanden.

Die Mongolenherrschaft

Seit Beginn des 13. Jahrhunderts beherrschten die Mongolen ungefähr 200 Jahre lang ein riesiges Imperium, das von China bis nach Europa reichte. Khublai Khan, der die Eroberung Chinas vollendete, sicherte seinem Volk eine Vormachtstellung.

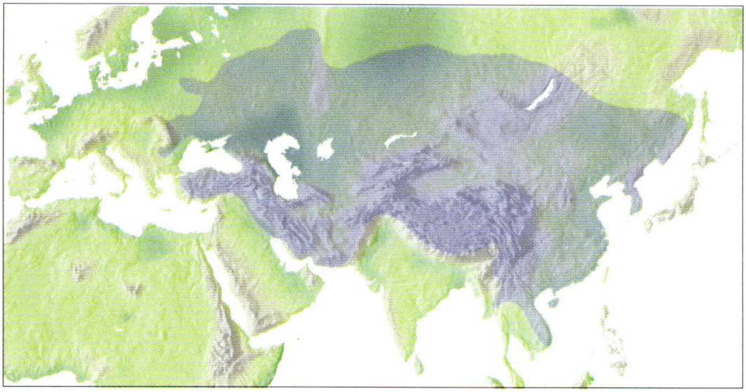

Die Steuerreform

Kaiser Wang An-shih ließ das chinesische Territorium vermessen und in viele Quadrate aufteilen, die neuen Maßeinheiten für die Besteuerung.

Nomadenstamm aus Mittelasien, verließen ihre Heimat, die Mongolei, und schufen in wenig mehr als einem halben Jahrhundert das größte auf dem Lande zusammenhängende Reich in der Geschichte der Menschheit. Die eroberten Gebiete erstreckten sich vom Pazifischen Ozean im Osten bis nach Polen und Ungarn im Westen. Wie viele Nomadenvölker nahmen auch sie nach der Eroberung und nach ihrer Niederlassung in den eroberten Gebieten die Kultur der Besiegten an. In China übernahmen sie chinesische Sitten und Gebräuche, doch sie bewahrten sich ihre ethnische Zusammengehörigkeit und sicherten den Angehörigen ihres Volkes die herausragenden Ämter und Positionen in der chinesischen Gesellschaft. In wirtschaftlicher Hinsicht begünstigten die Mongolen den Handel.

Khublai Khan (1270 – 1294), der große Eroberer, förderte den Handel mit dem Westen. Die venezianischen und genuesischen Kaufleute entwickelten Handelsbeziehungen, die weitreichender und erfolgreicher waren als die wirtschaftlichen Beziehungen der Römer. Der Austausch von Waren und kulturellen Gütern beschränkte sich nicht auf Kunstgegenstände und Seide. Der berühmteste venezianische Kaufmann, Marco Polo, verschaffte mit seinem Reisebericht *Il Milione* dem Westen einen Einblick in die Welt Chinas und machte Schluss mit den verworrenen Vorstellungen, die bis dahin über die Welt im Fernen Osten geherrscht hatten.

Die Ming-Dynastie

Die lange Seidenstraße genoss unter der Herrschaft der Mongolen volle Sicherheit, und das, wie man sagte, sowohl bei Tag als auch bei Nacht. Bescherte die erste Phase

Samarkand
Das legendäre Samarkand ist eine der ältesten Städte Mittelasiens und wurde vor rund 2500 Jahren gegründet. Die Zeit ihrer höchsten Blüte fiel in die Epoche der Mongoleninvasion im 14. Jahrhundert. Der Mongolenfürst Tamerlan oder Timur machte sie zur Hauptstadt seines Imperiums.

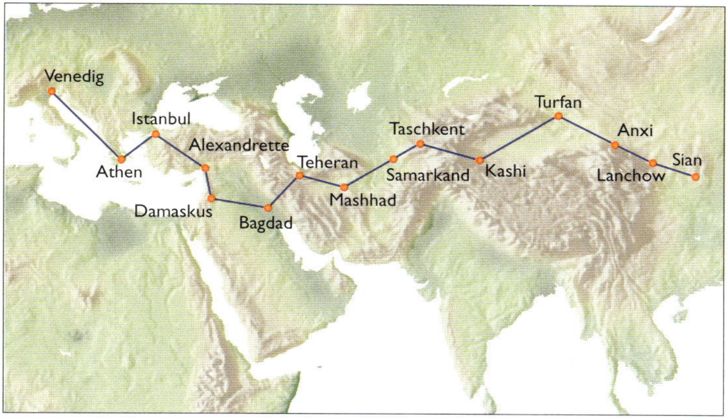

Die Route
Seit dem 6. Jahrhundert v. Chr. hatte man Kenntnis von einer Straße, die den Mittelmeerraum mit China verband, dem Land, das auch als »Land der Seide« bekannt war. Dieser Handelsweg wurde die Seidenstraße genannt. Sie war mehr als 7000 Kilometer lang, ihr Endpunkt war die alte chinesische Hauptstadt Sian.

DIE SEIDENSTRASSE

Kein Kaufmann legte die vollständige Strecke der Seidenstraße zurück. Die Waren wurden verschiedenen Zwischenhändlern übergeben. Ehe sie ihr Ziel erreichten, durchliefen sie viele Hände und viele Märkte entlang der Strecke.

Die Kaufleute
Die Kaufleute reisten mit ihren Pferden in Karawanen und ruhten in den eigens dafür eingerichteten Karawansereien aus. Die Chinesen tauschten mit den westlichen Kaufleuten Seide und Spezereien gegen Gold, Silber und Pferde.

Die Seide
Die Produktion der Seide begann in China vor mehr als 4500 Jahren. Aus dem von den Raupen des Seidenspinners erzeugten Kokon wird die Seide gewonnen.

der hundertjährigen Mongolenherrschaft China Wohlstand, so verfiel das Land in der letzten Phase. Straßen und Wasserwege wurden unpassierbar, die Bevölkerungszahl verminderte sich ständig auf Grund der großen Dürren und der Volksaufstände gegen die Fremdherrschaft. Mit der neuen Ming-Dynastie nahm die Bevölkerung Chinas wieder zu und betrug um 1450 nahezu hundert Millionen Menschen. Die Hauptstadt wurde von Nanking nach Peking im Norden verlegt, um den Nord-Süd-Handel zu fördern. Der Anbau von Baumwolle und deren Verarbeitung wurden eingeführt. Es begann ein intensiver Handel mit Völkern jenseits des Meeres wie den Japanern und Philippinen sowie mit Südostasien und Indonesien. Chinesische Kolonien wurden in Indien und Ceylon, am Persischen Golf und am Roten Meer bis zur Ostküste Afrikas gegründet. Doch plötzlich, im Jahr 1433, schloss der Ming-Kaiser die Grenzen und verbot seinen Untertanen jede Reise ins Ausland. Das chinesische Reich begann seine mehrere Jahrhunderte dauernde Abschottung.

Japan

Das japanische Archipel ist nicht reich an Rohstoffen. Um das üppig vorhandene Regenwasser auszunutzen, haben die Japaner während der letzten beiden Jahrtausende ein kompliziertes Kanalsystem erbaut, mit dessen Hilfe jedes noch so kleine Feld zum Anbau von Reis genutzt werden konnte.

Im 1. Jahrtausend n. Chr. zeigten die Japaner mehrere Jahrhunderte lang ein besonderes Interesse für die chinesische Kultur. Dann, seit dem 11. Jahrhundert, wurden die Beziehungen seltener und es entwickelte sich unter anderem eine eigenständige blühende japanische Literatur.

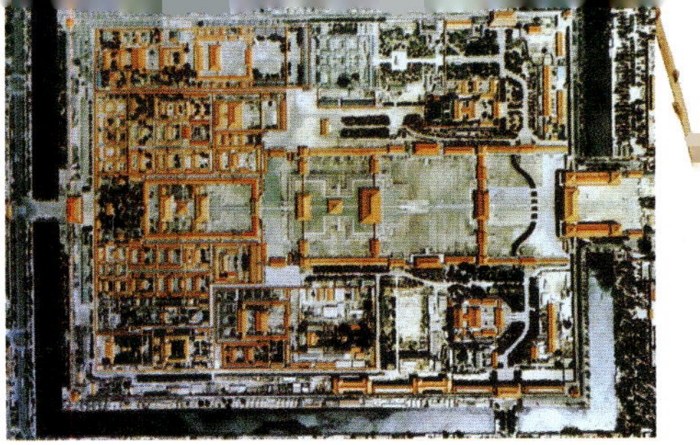

Die Verbotene Stadt
1405 verlagerte der dritte Kaiser der Ming-Dynastie, Yung-io, die Hauptstadt des chinesischen Reiches von Nanking nach Peking. Hier errichtete er eine Stadt in der Stadt, die das eigentliche Zentrum des Imperiums wurde.

Der Drachen
In der religiösen Überzeugung der Chinesen ist der Drache trotz seines furchterregenden Aussehens eine wohlmeinende Gottheit.

CHINA NACH DER MING-DYNASTIE

Zwischen 1405 und 1433 unternahmen die Chinesen mehrere Reisen zur Erforschung von Handelsmöglichkeiten bis nach Arabien und Indonesien. Dann geschah nichts mehr. Die Nachfolger des Ming-Kaisers Yung-io befahlen sogar, die für die Schifffahrt auf dem Ozean geeigneten Schiffe zu zerstören.

Die Dschunke
Dieses Schiff hatte ein komplexes System von Segeln, einen festen Kiel und war mit einem besonderen Lack gestrichen, der die Bildung von Schimmel und das Festsetzen von Parasiten verhinderte. Die transportierten Waren, in erster Linie Seide, blieben trocken. Die Dschunke war für die hohe See geeignet.

Die kaiserlichen Beamten
Sie mussten die vom Kaiser befohlene Zerstörung der Schiffe kontrollieren. Der von den Ming-Kaisern gelenkte Staat wurde durch einen Komplex von Normen und Gesetzen geregelt, deren Anwendung einen effizienten bürokratischen Apparat erforderte. Die Beamten wurden sorgfältig ausgewählt, wichtigstes Kriterium war die Begabung. Die Zahl der Beamten schwankte zwischen 10 000 und 15 000.

Im Gegensatz zu China erhielt Japan erst sehr spät eine Zentralmacht. Das war im 6. Jahrhundert, gleichzeitig mit dem Auftauchen des Buddhismus, der über Korea nach Japan gelangte. Während vieler Jahrhunderte herrschte in Japan ein Feudalsystem, dessen Entstehung auf die Einrichtung der *shoen* zurückging, Grundstücke, die steuerfrei waren, sei es, weil sie erst seit kurzem bebaut wurden oder weil sie vom Kaiser von der Steuer befreit worden waren. Mit der Zeit erlangte der Herr des *shoen* rechtliche und administrative Gewalt über seinen Besitz. Daraus entstand ein gefestigtes und lange Zeit dauerndes Feudalsystem, bei dem die Herren in der Hauptstadt residierten und ihren Verwaltern die Führung des Besitzes übertrugen. Die Bewohner der *shoen* erlangten, was praktische Fragen und die dringendsten Probleme betraf, mit der Zeit eine gewisse Selbstständigkeit. Die Organisation des Bodens in Latifundien hat in Japan ein dynamisches Wachstum der Wirtschaft und des Binnenhandels nie behindert. Manchmal haben die Auseinandersetzungen um die politische Macht sogar als Antrieb der wirtschaftlichen Tätigkeiten gewirkt. Als in der Epoche der *shogun*, der mächtigen Heerführer, diese an Stelle des machtlosen Kaisers die Regierung leiteten, erlebte das Land, insbesondere im 15. und 16. Jahrhundert, eine Zeit großen Wohlstands. Dann jedoch, im Jahr 1635, verschloss sich Japan genau wie China jedem Kontakt mit der Außenwelt und beschränkte seine Handelsbeziehungen auf Kontakte mit den Chinesen und Koreanern sowie den Holländern, die zur Zeit ihrer größten Expansion eine Handelsniederlassung bei der Hafenstadt Nagasaki unterhielten. Die vom Feudalismus geprägte

Die Epoche der Tokugawa-Dynastie
Sie bestand von 1600 bis 1868. Handel und Handwerk wurden von den Großgrundbesitzern gefördert. Die Vorkommen von Edelmetallen regten die Entwicklung des Landes an. Oben: Kusumi Morikage, um 1650, Tintenzeichnung mit ländlicher Dorfszene.

DIE ORGANISATION JAPANS

Als Japan sich um die Mitte des 19. Jahrhunderts dem Westen öffnete, begann ein Prozess der Modernisierung, durch den das Land die wirtschaftliche und soziale Feudalstruktur überwand, die lange angehalten und wirtschaftlichen Wohlstand gebracht hatte.

Die Dörfer
Sie standen im Mittelpunkt des feudalen Systems und lagen im Zentrum kleiner, durch Berge voneinander getrennter Täler.

Die Bauern
Es gab Bauern ohne Grund und solche mit Grundbesitz, die, in Gruppen von jeweils fünf Familien zusammengefasst, beim Dorfvorsteher durch einen Sprecher vertreten waren.

Der Feudalherr
Er förderte die Errichtung von Zentren für die Produktion von Seide, Hanf, Baumwolle und Papier, die wichtigsten Waren für den Binnenhandel.

Die Frauen
Sie bauten Tee und Gemüse an. Die Bearbeitung des Bodens war den Männern vorbehalten.

Wirtschaft Japans verzeichnete weiterhin eine blühende Entwicklung.

Das arabisch-islamische Reich

Ab Mitte des 7. Jahrhunderts eroberte der Islam, die jüngste der großen Weltreligionen, ein riesiges Gebiet und wurde zusammen mit China die fortschrittlichste politische und wirtschaftliche Macht. Das Reich umfasste den Vorderen Orient, Nordafrika, Teile Innerasiens und Europas, wie die Iberische Halbinsel, Sizilien, Sardinien und Korsika. Im 9. Jahrhundert waren Mekka, Damaskus und Bagdad glänzende, dicht bevölkerte Städte. Zuerst waren die Eroberer Araber, später traten auch islamische Befehlshaber aus anderen ethnischen Gruppen auf und gelangten als politische und kulturelle Führer an die Spitze.

Bis zum Ende des 7. Jahrhunderts waren die Araber keineswegs erfahrene Seeleute. Doch bereits nach wenigen Jahrzehnten hatten sie eine Flotte und beherrschten das östliche Mittelmeer; außerdem prägten sie eigene Münzen. Im Vorderen Orient wurde die Unterscheidung zwischen Arabern und Nicht-Arabern bald bedeutungslos, während im Westen die Berber untergeordnet blieben. Die islamische Gesellschaft war weitgehend städtisch, an ihrer Spitze standen hohe Zivil- und Militärbeamte sowie religiöse Führer. Daneben gab es eine Mittelklasse von Kaufleuten und Handwerkern. Die Bauern, von denen die Städte versorgt wurden, standen unter der Herrschaft der Land besitzenden Bürger. Der Boden war häufig in den Händen von Großgrundbesitzern. Während der Abbasidendynastie (750 – 1258) erlebte die islamische Welt ihren wirtschaftlichen Höhepunkt, das Mittelmeer war vollkommen in

Die älteste Moschee Afrikas
Die große Moschee von Kairouan in Tunesien ist die älteste und eine der am meisten verehrten Moscheen Afrikas.

Die schwarzen Sklaven
Ab dem 7. Jahrhundert begann die systematische Massenverschleppung schwarzer Sklaven nach Nordafrika und dem Vorderen Orient.

DIE EROBERUNG AFRIKAS

Um 640 begann die Eroberung Afrikas durch die Araber, die einen großen Teil des Kontinents, vor allem Nordafrika, islamisierten und die Entwicklung von Landwirtschaft und Gewerbe förderten.

Die Oasen

Die entlang der Karawanenwege in der Sahara angelegten Oasen boten den Kaufleuten die Möglichkeit, sich mit allem für die Durchquerung der Wüste Notwendigen auszustatten.

Die Kaufleute

Die einzige Verbindung war der Landweg zwischen dem Vorderen Orient und Afrika. Über die Karawanenwege durch die Sahara erreichten die Kaufleute die Städte Schwarzafrikas, Hauptstädte blühender Reiche.

Die Eroberung Konstantinopels
Am 29. Mai 1453 eroberten die Osmanen die alte Hauptstadt des Oströmischen Reiches. Links eine Darstellung der Eroberung auf einer Miniatur des 15. Jahrhunderts.

DIE OSMANEN

Sie waren eine türkische Dynastie aus Asien. Nachdem sie sich im 11. Jahrhundert in Anatolien an den Grenzen des seldschukischen Reiches niedergelassen hatten, schufen sie mit Beginn des 13. Jahrhunderts durch ständige Gebietseroberungen ein großes Reich.

Die Venezianer
Die venezianischen Kaufleute waren bereits im Byzanz des Oströmischen Reiches vertreten und konnten ihre Tätigkeit auch unter osmanischer Herrschaft ausüben.

Der Bazar
Er ist das Handelszentrum der von den Türken eroberten Stadt Konstantinopel, die sie Istanbul nannten. Der Markt findet unter dem Dach der langen Hallen statt. Auch wertvolle Ware wie Seide, Teppiche, Pelze, Keramik und Schmuck wird gehandelt.

islamischer Hand, die Kontrolle über die Karawanenrouten sicherte auch die Kontrolle über den Transport von Gold und Sklaven aus den Gebieten Schwarzafrikas zum Mittelmeer. Der wirtschaftliche Erfolg wurde als Beweis für die Unterstützung Allahs angesehen, deshalb folgte der politischen Expansion der Mohammedaner immer ein kräftiger wirtschaftlicher Aufschwung. In der ersten Zeit des Islams übten noch Christen und Juden die Kontrolle über die Handelsnetze in Syrien und Ägypten aus. Doch nach und nach bildete sich eine Klasse islamischer Kaufleute heraus, die immer wichtigere Positionen in der Gesellschaft einnahm, auch wenn sie sich stets von der politischen Macht fernhielt.
Mit dem Kapital der Kaufleute und Großgrundbesitzer, der hohen Beamten und der Intellektuellen wurde der Handel finanziert. Noch viel früher als im Westen kannten die Muslime den Wechsel, das heißt ein Dokument, das den Schuldner verpflichtete, zum festgesetzten Datum zu Händen des Inhabers eine bestimmte Summe zu zahlen. Die Mohammedaner wandten auch eine protektionistische, das heißt die inländische Wirtschaft begünstigende, Politik an: Der Zoll, den ihre Kaufleute zu zahlen hatten, betrug nur die Hälfte dessen, was man von den Ungläubigen verlangte.
Im 8. und 9. Jahrhundert war die Überlegenheit der islamischen Welt gegenüber Europa wirtschaftlich erdrückend. Dann folgte eine Epoche der politischen und staatlichen Zersplitterung, bis im 15. Jahrhundert die türkischen Osmanen nach der Eroberung Konstantinopels ein neues Reich errichteten, das einen großen Teil der islamischen Welt bis zum Beginn des 20. Jahrhunderts einte.

Amerika vor Ankunft der Europäer

Die ersten Einwohner Amerikas bevölkerten bereits in der späteren Altsteinzeit diesen Erdteil. Ihre Neolithische Revolution fand vor allem in den Hochebenen der Anden und Mittelamerikas statt. Vor ihrem Untergang hatten sie komplexe wirtschaftliche Systeme geschaffen.

Die Herkunft der Ureinwohner Amerikas

Seit den Entdeckungen ist die Herkunft der Ureinwohner Amerikas umstritten. Nach Meinung einiger Historiker waren sie Eingeborene, andere sprechen von einer Zuwanderung über die Beringstraße oder über den Pazifischen Ozean. Sicher scheint, dass bereits vor 70 000 – 40 000 Jahren Menschen auf dem Kontinent lebten. Die Archäologie erweitert ständig unsere Kenntnisse über die Jäger und Sammler der späteren Altsteinzeit in Amerika. Die Zeitangaben hinsichtlich des Übergangs zur Landwirtschaft sind ungenau. Auf 2600 Meter Höhe über dem Meeresspiegel wurden in Peru zwei verschiedene Bohnenarten gefunden, die auf die Zeit zwischen 9000 und 6500 v. Chr. zurückgehen. Um 5000 v. Chr. erscheinen die ersten Kürbisarten, Es gab bereits Maiskolben in Vagas in Ecuador. Aus dem 5. Jahrtausend v. Chr. stammt eine

Lama und Alpaka
Vor zehntausend Jahren waren ihre wilden Vorfahren die wichtigste Jagdbeute. Nach der Domestikation wurden sie zum bedeutenden Wolllieferanten.

davon unabhängige, andere Maissorte, die in Mexiko gefunden wurde. Mit Sicherheit kann man also sagen, dass die Anden und das Hochland Mittelamerikas die beiden Gebiete sind, in denen die ältesten wirtschaftlich organisierten Gesellschaften Amerikas bestanden.

Die Anden

Die Küsten der Andenregionen in Südamerika sind meist Wüstengebiete. Das Hochland liegt bis zu 4000 Meter über dem Meeresspiegel und umfasst zwei große bewohnte Gebiete. Dort war es möglich Chuñu zu herzustellen, ein mehlartiges Produkt aus Kartoffeln, denen das Wasser entzogen wurde. Die Bewirtschaftung der Wasserreserven erhielt erst seit dem 8. Jahrhundert n. Chr. mit der Kultur der Mochica Bedeutung.

Während tausenden von Jahren folgten in den Anden mehrere Gesellschaften aufei-

DIE ANDEN
Zahlreiche verschiedene Kartoffelarten waren die wichtigste Nahrung der Andenvölker.

Die Schätze des Meeres
Die Küstenvölker nutzten die Schätze des Meeres. Algen, Fische und Krustentiere wurden in die Berge gebracht und an der Sonne getrocknet.

Chuñu
Die Sonne bei Tag und der Frost bei Nacht entzogen den Kartoffeln die Feuchtigkeit, die somit zwanzig Jahre lang gelagert werden konnten.

nander, in denen die beiden Kamelarten Lama und Alpaka als Lasttiere und als Wolllieferanten gehalten wurden.

Die älteste komplexe Gesellschaft war die der Chavín-Kultur, die letzte die der Inka, die von den Spaniern im 16. Jahrhundert zerschlagen wurde. Verwandtschaftsverhältnisse waren in den Andengesellschaften wichtig: Die Produktion beruhte auf der gemeinsamen Arbeit und der gerechten Verteilung der Güter.

Die mesoamerikanischen Hochkulturen

Das zentrale Hochland Mittelamerikas liegt bis zu 2000 Meter über dem Meer. Es ist ein kühles und regenreiches Gebiet, die Temperaturen steigen, je näher man der Küste und besonders dem Golf von Mexiko kommt. Im größten Teil Mesoamerikas verbreitete sich der Anbau von Mais, bis diese Nutzpflanze zum wichtigsten Nahrungsmittel wurde. In diesem Teil des Kontinents wurde ein Teil der Bevölkerung zur Zwangs-

TENOCHTITLÁN

Die in einem See gelegene Hauptstadt des aztekischen Reichs war von Kanälen durchzogen und Deichen umgeben. Sie zählte 200 000 Bewohner, viele tausend besuchten täglich den großen Marktplatz (Tlaltelolco).

Der Tempelbezirk

Die Tempel befanden sich innerhalb eines abgeriegelten, vom Markt getrennten Bezirks.

Der Ordnungsdienst

In der Menge überwachten Krieger die Tätigkeiten der Menschen.

arbeit für den Staat herangezogen, wie das teilweise und früher in den Andenkulturen der Fall war.

Im Südosten Mesoamerikas entwickelten sich die beiden großen Kulturen der Olmeken und der Maya. Die Kultur der Maya hatte zwischen 500 und 1000 n. Chr. ihre Blütezeit, ihren Niedergang führen die Historiker auf das rasche Bevölkerungswachstum zurück, das die Maya zu einer zu intensiven Nutzung ihres empfindlichen Ökosystems veranlasste.

Die Teotihuacán-Kultur erreichte einen hohen Zivilisationsstand, sie beeinflusste nahezu alle Kulturen Mesoamerikas und führte zu einer ersten Einigung Zentralmexikos. Ihr folgten die Reiche der Tolteken und der Azteken.

Die Azteken beherrschten Zentralmexiko seit 1200 n. Chr. Sie kamen aus dem Norden und gründeten eine Reihe von Stadtstaaten, die in ständigem Krieg miteinander lagen, da sie Sklaven und Gefangene für ihre Menschenopfer benötigten. Nach

siegreicher Beendigung eines Krieges errichteten sie ein Abgabensystem, das die Wirtschaft Zentralmexikos in Gang hielt. Die Stadt Tenochtitlán trieb mit ihren Verbündeten Texcoco und Tlacopán hohe Steuern ein und kaufte auch durch Fernhandel Güter: Es scheint, dass in Zentralmexiko jedes Jahr drei Millionen Ballen Baumwolle und zahlreiche Sklaven eintrafen. Die steuerpflichtige Bevölkerung wurde zur Arbeit in den weit angelegten und gut bewässerten Gemüseanbaugebieten gezwungen, die mehrere Ernten im Jahr erzielten.

Der Südwesten Nordamerikas

Im Gebiet des heutigen Arizona und New Mexico hatten drei indianische Völker eine gemeinsame prähistorische Tradition, die Wüstenkultur, die bis ins 8. Jahrtausend v. Chr. zurückreichte. Es waren die Anasazi im Norden, die Hohokam im Südwesten und die Mogollon im Südosten. Mit Eintritt eines feuchteren Klimas wanderten diese

Die Vegetation
Der Chaco Canyon im Nordosten New Mexicos war einmal von weitläufigen Wacholder- und Pinienwäldern umgeben. Die Anasazi begannen mit der Abholzung immer größerer Bereiche, bis sie das Gebiet ganz verlassen mussten.

Das größte Dorf
Das zwischen 912 und 1130 n. Chr. errichtete Pueblo Bonito im Chaco Canyon war das größte Dorf. Es war fünf Stockwerke hoch, 220 Meter lang und 105 Meter breit, hatte 250 Räume und gab 6 000 Menschen Unterkunft.

Völker zwischen Gebieten hin und her, die sich im jahreszeitlichen Klimarhythmus ergänzten, um alle Jagdmöglichkeiten nutzen zu können. Gegen 2000 v. Chr. bauten sie bereits Mais an, später folgten Bohnen und die Aufzucht von Truthähnen. Zwischen 700 und 1300 n. Chr. folgten in der Geschichte der Anasazi, was »die Alten« bedeutet, fünf Perioden aufeinander, die von den Spaniern als Pueblo-Perioden bezeichnet wurden. Es scheint, dass unvernünftiger Gebrauch der natürlichen Ressourcen die ökologische Katastrophe verursachte, die zum Niedergang der Kultur der Anasazi führte.
Die Europäer zerstörten nach der Entdeckung Amerikas das ökologische Gleichgewicht der nordamerikanischen Ebenen. Während die Ureinwohner viele Jahrhunderte lang den Bison zu Fuß gejagt hatten, verminderten die Europäer die Zahl der Bisons innerhalb kurzer Zeit rapide durch den Gebrauch von Feuerwaffen. Das ging der Ausrottung und Vertreibung der Menschen voraus.

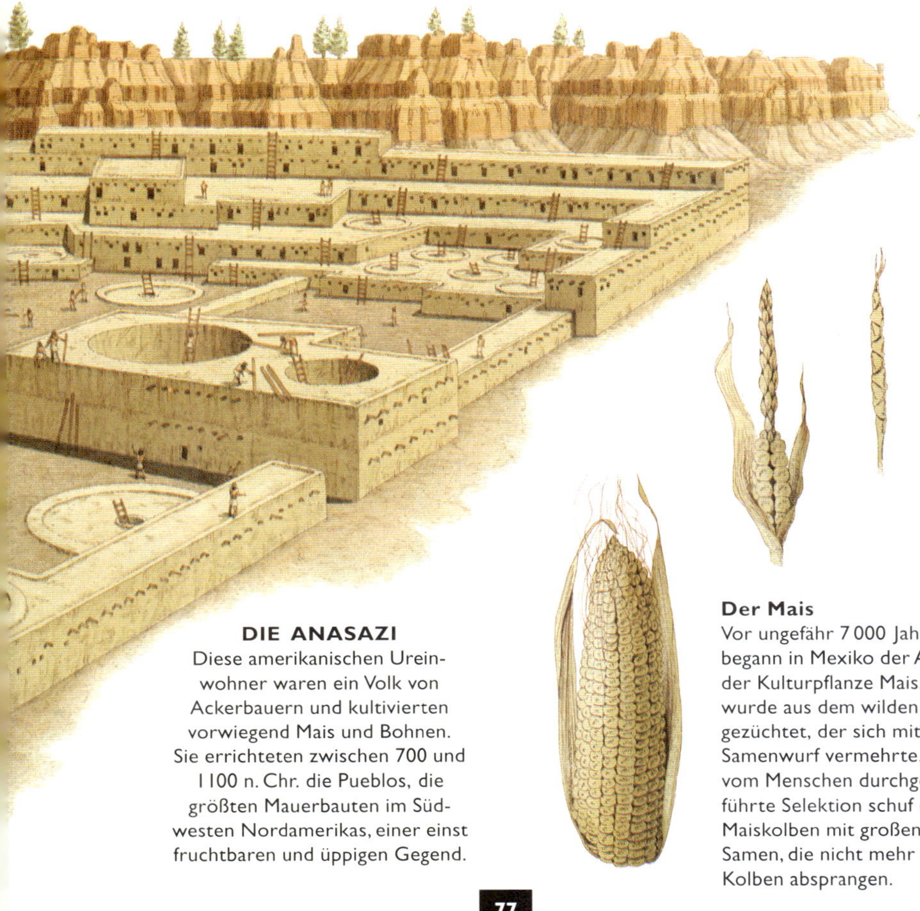

DIE ANASAZI
Diese amerikanischen Ureinwohner waren ein Volk von Ackerbauern und kultivierten vorwiegend Mais und Bohnen. Sie errichteten zwischen 700 und 1100 n. Chr. die Pueblos, die größten Mauerbauten im Südwesten Nordamerikas, einer einst fruchtbaren und üppigen Gegend.

Der Mais
Vor ungefähr 7000 Jahren begann in Mexiko der Anbau der Kulturpflanze Mais. Sie wurde aus dem wilden Mais gezüchtet, der sich mittels Samenwurf vermehrte. Die vom Menschen durchgeführte Selektion schuf den Maiskolben mit großen Samen, die nicht mehr vom Kolben absprangen.

Der Aufstieg Europas

Die Überlegenheit der europäischen Schiffe und Kanonen führte von der Entdeckung neuer Länder zu ihrer Eroberung. Die Europäer kämpften lange um die Vorherrschaft auf den Meeren und ließen zum ersten Mal eine zusammenhängende Weltwirtschaft entstehen.

Die Weltwirtschaft

Im 15. und 16. Jahrhundert entstand eine neue Art der Wirtschaftsbeziehungen zwischen den wichtigsten europäischen Staaten und vielen Gebieten auf der Welt. Die Europäer begannen – auch durch Beeinflussung der Volkswirtschaften anderer Länder – ihre Produktion und ihre Handelsinteressen besonders zu fördern und zu entwickeln. Entdeckung und Eroberung neuer Länder und die Unterwerfung vieler außereuropäischer Völker wurden möglich durch den technologischen Fortschritt und durch eine wahre Revolution im Waffenbau und in den Kriegstechniken zu Wasser und zu Lande. Ab dem 16. Jahrhundert erlangten die Europäer allmählich eine militärische Überlegenheit über alle ihre Gegner: das Osmanische Reich sowie Amerika im 16. Jahrhundert, Indonesien im 17. Jahrhundert, Teile Indiens und Afrikas im 16. und 17. Jahrhundert. Nur Korea, Japan und

DIE PORTUGIESEN

Prinz Heinrich dem Seefahrer, dem Gründer der Schule von Sagres, kommt das Verdienst zu, die Seefahrt seiner Zeit erneuert zu haben.

Die Kartografie
Die Vasco da Gama zur Verfügung stehenden Seekarten beruhten noch auf Daten der Geografie des Ptolemäus, der im 2. Jahrhundert n. Chr. in Alexandria gelebt hatte. Oben: eine Karte des 15. Jahrhunderts, (Florenz, Biblioteca Laurenziana).

Die Schiffe
Die wichtigsten an der portugiesischen Expansion beteiligten Schiffe waren die Karavellen, kleine Schiffe mit quadratischen Segeln, die auf dem offenen Meer sehr schnell sein konnten.

China waren in der Lage, sich dem Druck des europäischen Westens zu widersetzen. Das politische und wirtschaftliche Aktionsfeld der Europäer blieb nicht länger auf Binnenmeere wie das Mittelmeer sowie Nord- und Ostsee beschränkt, sondern erweiterte sich auf die Ozeane.

Die Herrschaft der Europäer, die sich in jenen Jahrhunderten ausbildete und die die Welt in verschiedene Einflussgebiete aufteilte, war nicht die Herrschaft einer einzigen Macht, wie im Fall des Reiches Alexanders des Großen oder des Römischen und Osmanischen Reiches. Jeder der großen europäischen Staaten kontrollierte einen Teil der Welt, wo er die Vorherrschaft ausübte und den er wirtschaftlich ausnutzte. Die Gesamtheit dieser Entwicklungen schuf einen völlig neuartigen wirtschaftlichen Zusammenhang: die Weltwirtschaft.

Vasco da Gama
(1469–1524). Er war der erste Seefahrer, der Afrika umschiffte und den Seeweg nach Indien fand.

Calicut
Heute heißt der Ort Kozhikode, er liegt in Südwestindien. Als Vasco da Gama 1498 dort anlegte, war er ein bedeutender Handelsplatz.

Die Kanonen
1502 gewann Vasco da Gama den ersten Seekrieg um das Handelsmonopol mit dem Osten dank einer besonderen Art von Kanonen mit Hinterladung, die auf gerillte Holzblöcke montiert und an der Reling befestigt wurden. Obwohl ihre Feuerkraft beschränkt war, war sie für die arabischen Schiffe zu stark.

Die Portugiesen

Die ersten Europäer, die diesen Weg beschritten, waren die Portugiesen. Obwohl ein traditionelles Seefahrervolk, waren sie durch die Vorherrschaft der Venezianer und durch die Sperre, die das Osmanische Reich im östlichen Mittelmeer bildete, vom großen Gewürzhandel mit dem Orient ausgeschlossen. So wagten sie sich als Erste auf den Atlantik und erforschten im Spätmittelalter die Küsten Westafrikas. Portugiesische Seefahrer erreichten und umschifften gegen Ende des 15. Jahrhunderts das Kap der Guten Hoffnung. Vasco da Gama erreichte die Küsten Indiens und ermöglichte den Portugiesen den einträglichen Gewürzhandel mit den europäischen Märkten. Nachdem das einst dominierende Handelsnetz der Araber zerstört worden war, kontrollierten

POTOSÍ

Die Stadt Potosí befindet sich im südlichen Bolivien, fast 4 000 Meter über dem Meeresspiegel. Sie wurde von spanischen Kolonisatoren 1545 gegründet, um die reichen Silber- und Goldvorkommen der umliegenden Gebiete abzubauen.

Die Spanier

Um die Minen auszubeuten, zwangen die Spanier die Indios in die Sklaverei. Zwischen 1503 und 1660 schafften die Spanier mehr als 300 Tonnen Gold und 25 000 Tonnen Silber nach Spanien.

Die Indios

Jeder Minenarbeiter musste pro Tag 25 Kisten an die Oberfläche bringen, das sind fünfzig Kilogramm Rohmaterial.

die Portugiesen mit ihrer Flotte das Rote Meer und die Westküste Indiens, wo sie eine Reihe von Befestigungen errichteten, die dem in Goa residierenden Generalgouverneur unterstanden. Doch Gesellschaft und politische Ordnung der Inder blieben wie vor dem Eintreffen der Portugiesen. Die Spezereien des Fernen Ostens waren ein äußerst wertvolles Produkt, denn die Reichen und Mächtigen Europas schätzten sie und verlangten nach ihnen. Einen neuen Handelsweg für die Gewürze gefunden zu haben, begründete die vorübergehende Machtstellung des portugiesischen Reiches.

Das spanische Reich

Bekanntlich landeten die spanischen Karavellen unter Christoph Kolumbus als erste moderne europäische Schiffe in Amerika. Es folgte eine gewaltsame Eroberung, die

Die Minen
Im Herzen der bolivianischen Anden gelegen, gehörten sie dem spanischen König, der sie – gegen den fünften Teil des geförderten Metalls, den so genannten Quinto Real – zur Ausbeute an die Kolonisatoren vergab.

SKLAVEN IN AMERIKA
Die Europäer schleppten aus Spanien Krankheiten ein, welche die einheimische Bevölkerung dezimierten. Darauf wurden Sklaven aus Afrika zur Arbeit eingeführt.

Aus Afrika
Die Einfuhr von Sklaven aus Afrika begann 1501. Es war nach der Verschleppung durch die Araber die zweite Deportation der Afrikaner.

große Kulturen wie die der Azteken und der Inka zerstörte. Für das Reich Kaiser Karls V. und später seines Sohnes Philipps II. begründeten die Eroberungen in Amerika die Entwicklung des transatlantischen Handels. Unter den in der Neuen Welt geförderten Bodenschätzen waren die Spanier vor allem an Gold und Silber interessiert. Die Edelmetalle wurden von Amerika nach Spanien in die spanische Hafenstadt Sevilla gebracht. Die in Richtung Amerika fahrenden Schiffe transportierten im Gegenzug afrikanische Sklaven. Diese waren für die Verrichtung der Arbeit auf den landwirtschaftlichen Betrieben der in die Neue Welt ausgewanderten europäischen Kolonisatoren bestimmt. Trotzdem reichten die riesigen Mengen an Gold, die von den Spaniern aus Amerika weggeschafft wurden, nicht aus, dem spanischen Imperium Macht und Reichtum auf Dauer zu erhalten. Die ständigen Kriege um die Vorherrschaft in Europa und die Kämpfe gegen die protestanti-

schen Aufständischen in den nördlichen Niederlanden veranlassten die Könige, Anleihen bei genuesischen, deutschen und flämischen Finanziers aufzunehmen. Als Gegenleistung erhielten diese einen Teil des amerikanischen Goldes.
Die Interessen der Schafzüchter und Wollproduzenten und der starke Bevölkerungsrückgang, den Spanien auch auf Grund der Auswanderung verzeichnen mußte, schwächten das Land in wirtschaftlicher und politischer Hinsicht.

Die Holländer

Während der größten außereuropäischen Expansion der Portugiesen und Spanier im 15. und 16. Jahrhundert hatte die flämische Hafenstadt Antwerpen, die zum spanischen Reich gehörte, Venedig als wichtigsten Wirtschafts- und Handelsplatz sowie als Sitz der größten Bankiers und Finanziers Europas abgelöst. Diese Bankiers waren es, die nun von den Portugiesen die geschätzten Spezereien erwarben und in ganz Europa weiterverkauften, sie erwar-

Der Sklavenhandel
In Afrika wurden die Sklaven direkt von den Königen der großen Reiche Zentralafrikas oder von den arabischen Kaufleuten erworben, manchmal auch gefangen, um dann in Amerika an die Großgrundbesitzer verkauft zu werden.

Die Schiffe
Viele aus Afrika verschleppte Sklaven starben während der Überfahrt. Man hat errechnet, dass zwischen 1500 und 1850 mehr als zehn Millionen Afrikaner nach Amerika gebracht wurden.

Die Kaufleute
Sie brachten aus Amerika Gold und Silber und exportierten ihre Produkte wie Wein, Öl, Möbel und Stoffe.

ben das spanische Gold, mit dem die Portugiesen bezahlt wurden und das wiederum im Tausch gegen die Gewürze bei den Indern landete. Zu Gold, Silber und Gewürzen kam noch der Handel mit Kaffee, Tee, Kakao, Tabak und Zucker hinzu. Um diesen Handel zu kontrollieren, kam es zwischen Spanien, Portugal, England und Holland zu heftigen Kriegen auf den Weltmeeren.

Die Holländer und ihr wichtigster Hafen Amsterdam nahmen seit einiger Zeit am Welthandel teil. Hinsichtlich der Handelswege entlang der Westküste Indiens geschah das teils in Absprache mit den Portugiesen und teils in Konkurrenz zu ihnen. Nachdem im Jahr 1580 die Kronen Spaniens und Portugals durch den Habsburgerkönig Philipp II. vereint worden waren, verstärkte sich die Politik der Verfolgung der holländischen Protestanten. Diese verteidigten nicht nur sich und die anderen sechs nördlichen Provinzen der Niederlande, sondern engagierten sich auch, äußerst selbstständig und aggressiv, im weltweiten Seehandel. In den Jahren von 1625 bis 1675 gewann die niederländische Hegemonie Gestalt. Sie beruhte auf der großen Effizienz bei der Herstellung von Lebensmitteln, besonders von Fischprodukten und Salzhering, auf der Vorherrschaft im Ostseehandels und auf dem Schiffsbau. Die niederländischen Handelsgesellschaften wie die Ostindien- oder die Westindienkompanie besaßen Hoheitsgewalt, sie konnten sogar Kriege erklären, hatten eine eigene Streitmacht und zeigten somit, wie bestimmend die Macht der Kaufleute in den nördlichen Niederlanden war. Die Ostindienkompanie beherrschte den Seehandel vom Kap der Guten Hoffnung bis zum Kap Hoorn. Ihr Einflussgebiet umfass-

Die Polder
Die holländischen Polder sind ein Beispiel dafür, wie der Mensch dem Meer neues Land abringen kann, um dort eine landwirtschaftliche Anbaufläche zu schaffen. Vor vielen Jahrhunderten war ein Teil dessen, was heute die Niederlande sind, vom Wasser bedeckt. Vom 15. zum 17. Jahrhundert ermöglichte der Bau von Deichen die Kultivierung der Küstengebiete.

Der Hafen
Er war das Lebenszentrum eines Staates mit Handels- und Kolonialtradition wie Holland.

DIE NÖRDLICHEN NIEDERLANDE

Seit 1609 von Spanien unabhängig, gaben sich die nördlichen Niederlande eine republikanische Regierung und erreichten in kurzer Zeit die wirtschaftliche Vorherrschaft in Europa.

Die Lager
Im 17. Jahrhundert war Holland der Getreidespeicher Europas. Doch in seinen Lagerhäusern stapelten sich die unterschiedlichsten Waren.

Die Schiffswerften
Im Holland des 17. Jahrhunderts war der Schiffsbau, dank des aus Deutschland und Schweden importierten Holzes, eine wichtige Industrie. Ein Schiff kostete in Holland ungefähr sechzig Prozent weniger als in England.

Der Kai
Ein Teil der Ware wurde direkt am Kai verarbeitet. Das war der Fall beim Pökeln und Abfüllen der Heringe in Fässer.

DIE ENGLISCHE OSTINDIENKOMPANIE
Sie entstand zu Beginn des 17. Jahrhunderts als Reaktion der englischen Kaufleute auf den Aufkauf von Gewürzen durch die Holländer und die anschließende Verdoppelung des Marktpreises.

te die Molukken, Java, Sumatra, Ceylon und den Handel mit Japan und China. Im Westen besetzten die Holländer zeitweilig Brasilien, das sie den Portugiesen entrissen, und gründeten Neu-Amsterdam, das jedoch bald von den Engländern übernommen und in New York umgetauft wurde.

Der Sieg der Engländer

Die englische Marine, die mit mächtigen Kanonen ausgestattet war, schlug 1588 die Spanische Armada. Die Spanier hatten auf

Die Königin
Elisabeth I. (1533–1603) war die Tochter Heinrichs VIII., des Königs, der sich von der Römischen Kirche losgesagt hatte. Unter ihrer Regierung legte England die Grundlage für die wirtschaftliche und koloniale Expansion.

Der Erfolg
Nach bescheidenem Anfang wurden die Kaufleute der Ostindienkompanie die führende Kaufmannsschicht in London.

die Unterstützung reagiert, die Elisabeth II. den Rebellen der Niederlande gewährt hatte, sowie auf die ständigen Angriffe englischer Piraten wie Francis Drake auf spanische Schiffe. Elisabeths starke Marine, sowohl Handels- als auch Kriegsmarine, war einer der wichtigsten Gründe für die zunehmende Macht Englands. Es folgten die dramatischen Jahre der Englischen Revolution. 1651 wurde die Navigationsakte erlassen, die als das klügste aller englischen Handelsgesetze gilt: Die Kolonien kamen unter eine starke Kontrolle des englischen Parlaments, während das englische Monopol des Kolonialhandels begründet wurde, indem de facto der englische Herrschaftsbereich gegenüber ausländischen Schiffen, besonders den niederländischen, abgeschottet wurde. Die holländische Vorherrschaft im Handel beruhte vor allem auf der freien Initiative der Kaufleute. Diese hatten die schnelle Spekulation einer produktiven Entwicklung vorgezogen. Die Engländer dagegen handelten wie ein Weltreich, indem sie ihre Kolonien einer staatlichen Kontrolle unterwarfen.

Die Gründer
Im Dezember 1600 erhielt eine Gruppe von 218 jungen Kaufleuten von Königin Elisabeth I. ein fünfzehnjähriges Monopol für die Schifffahrt nach Osten: Es entstand die East India Company.

Die Piraterie
Elisabeth I. betrieb eine skrupellose wirtschaftliche Expansionspolitik. Vielen Sklavenhändlern und Piraten verlieh sie den Adelstitel, sie legalisierte die Piraterie gegen die spanischen Schiffe. Der berühmteste im Dienst der Königin stehende Pirat war Francis Drake (1543 – 1596).

Die industrielle Revolution

Die in Großbritannien im 18. Jahrhundert auftretenden gesellschaftlichen, wirtschaftlichen und technologischen Entwicklungen legten die Basis für die heutige Welt. Es begann ein technischer und wirtschaftlicher Prozess, aus dem die moderne Industrie entstehen sollte.

Landwirtschaft und Bevölkerung
Aus Amerika waren zahlreiche Nutzpflanzen – Mais, Kartoffel, Maniok, viele Bohnenarten, Tomaten, Erdnüsse, Kürbis, Papaya, Avocado, Paprikaschote, Kakao – nach Europa, Asien und Afrika eingeführt worden. Diese Nahrungsmittel beeinflussten eine Entwicklung der Landwirtschaft in der ganzen Welt, die mit Beginn des 17. Jahrhunderts einsetzte und die einer der Gründe für den Rückgang der Sterblichkeit und für die daraus folgende Zunahme der Erdbevölkerung war.
Großbritannien wies ebenfalls eine steigende Bevölkerungszahl auf, die mit einer Reihe von großen gesellschaftlichen und wirtschaftlichen Erneuerungen einherging. Die englische Landwirtschaft des 17. Jahrhunderts war noch eine reine Subsistenzwirtschaft: Getreide- und Gemüseanbau si-

DIE ENTWICKLUNG DER LANDWIRTSCHAFT
Der Übergang von der Selbstversorgungs- zur kommerziellen Landwirtschaft vollzog sich in Großbritannien zwischen dem 17. und 19. Jahrhundert.

Die Städte
Im 18. Jahrhundert war die Zahl der Städte mit mehr als 5 000 Einwohnern schon dreimal höher als im 17. Jahrhundert.

In die Städte
Produkte aus teuren Anbaukulturen wie der des Weizens waren nicht für den Tisch des Bauernhofes bestimmt.

cherten zusammen mit der Tierhaltung den Lebensunterhalt der englischen Familien. Diese Landwirtschaft ermöglichte den Familien eines Dorfes das Überleben auch in Zeiten größter Schwierigkeiten. Das Pflügen geschah gemeinsam mit wenigen Rindern, Verteilung von Viehfutter und Düngung wurden ebenfalls gemeinschaftlich organisiert. Die Erträge des Bodens waren jedoch bescheiden. Die Familien waren die wichtigste Produktionseinheit. Mit der zunehmenden Bevölkerung konnten die Dörfer, in denen die meisten Familien lebten, bald nicht mehr alle ernähren. Eine fortschreitende Abwanderung war die Folge. Die Städte wuchsen und mit ihnen die Zahl der Bewohner. Besonders stark war das Wachstum in London. Die expandierenden Städte hatten einen steigenden Bedarf an Lebensmitteln, deren Preise auf Grund ihrer Knappheit in die Höhe schnellten. In 150 Jahren stieg der Preis für jedes Gut un-

London
In 100 Jahren verdreifachte sich die Bevölkerung Londons und erreichte gegen Ende des 17. Jahrhunderts 600 000 Einwohner. Auf der Abbildung einer Londoner Straße um die Mitte des 19. Jahrhunderts sieht man die aus den Häusern kommenden Rohre, welche die Abwässer in den Fluss Fleet leiten.

Die Ställe
Die Lagerung von Heu sicherte die Ernährung der Tiere im Winter, die ihren Dung im Stall hinterließen.

Das Dreschen
Vom 17. bis zum 19. Jahrhundert wurden viele neue Maschinen für das Dreschen des Getreides erfunden.

Die Hecken
Besonders seit dem 18. Jahrhundert umzäunten Hecken die Felder, die bis dahin den Dörfern zur Verfügung standen.

Die Arbeiter
Facharbeiter wurden in den Werkstätten zur Herstellung von Ventilen und anderen empfindlichen Maschinenteilen benötigt.

James Watt
Ihm kommt das Verdienst zu, in die Industrie die experimentelle Forschung eingeführt zu haben, die bis dahin nur in der reinen Wissenschaft angewandt wurde. Er war im Stande, die Ideen anderer unter Beteiligung mehrerer Menschen zu verwirklichen. Doch der Einsatz des Geldes von Boulton war grundlegend.

DIE DAMPFMASCHINE

James Watt (1736 – 1819) überwacht 1775 in der Werkstätte des Unternehmers Matthew Boulton (1728 – 1809) in Soho bei Birmingham in England den Bau der ersten Dampfmaschine.

aufhörlich, mit Ausnahme der Arbeitskraft, denn die wachsende Bevölkerung lieferte einen Überschuss an Arbeitskräften. Die Hersteller konnten mit einem wachsenden Markt rechnen, mit hohen Preisen und niedrigen Arbeitskosten und somit mit hervorragenden Gewinnaussichten.

Die Folgen dieser Entwicklung waren einige Neuerungen in der Landwirtschaft: Nun hatten die Eigentümer von Grund und Boden entweder ein direktes Interesse an ihrem bis jetzt vernachlässigten Besitztum, oder sie verpachteten den Boden zu hohen Pachtzinsen. Es wurden neue landwirtschaftliche Techniken eingeführt wie die Vierfelderwirtschaft und der Anbau von Pflanzen, die den Boden regenerierten, die abwechselnde, sich ergänzende Nutzung des Bodens als Anbau- und Weidefläche, die Einfriedung der offenen Felder.

Auf dem Weg zur industriellen Revolution

Dieser tief greifende Wandel in der Landwirtschaft, in der achtzig Prozent der Arbeitskräfte beschäftigt waren, sollte weit reichende Folgen für die gesamte Wirtschaft haben.

Großbritannien hatte im 18. Jahrhundert die Niederlande im Welthandel überholt und begonnen, zur Weltmacht aufzusteigen. In der zweiten Hälfte des Jahrhunderts wurde es zum Schauplatz der ersten industriellen Revolution.

Die Nachfrage nach Eisen stieg enorm, sie wurde stärker angeregt durch die technischen Innovationen und die neuen Geräte, die in der Landwirtschaft eingesetzt wurden, als durch die Industrie selbst oder durch den Warentransport und den Rüstungsbedarf.

Andere Industrien
Nicht weit von Soho entfernt befanden sich die Gießereien von Coalbrookdale, die Gusseisenteile lieferten. In Bradley wirkte der große Industrielle John Wilkinson (1728–1808), dessen 1774 patentiertes Verfahren für die Bohrung von Kanonen zur Herstellung von Zylindern mit nie erreichter Präzision eingesetzt werden konnte.

DIE KERAMIK

Die Keramikindustrie stammte ursprünglich nicht aus England. Doch seit 1750 behaupteten sich die Manufakturen in Staffordshire als weltweit größtes Produktionszentrum für Keramik.

8. Das Brennen
Der geformte und getrocknete Gegenstand wurde in den Brennofen geschoben.

7. Das Trocknen
Der Gegenstand aus Keramik musste trocknen.

1. Die Rohstoffe
Seit Beginn des 18. Jahrhunderts mischte man Ton mit Flint oder Feuerstein, um eine weiße Masse zu erhalten. Der Flint wurde zuerst zertrümmert.

2. Das Polieren
Dann wurde der Flint mittels Holzkohle poliert.

3. Das Mahlen
Der Flint wurde in Eisenmörsern zu Pulver gemahlen.

Die Verwendung von Steinkohle an Stelle von Holz als Energiequelle stellte einen ersten Schritt in der Modernisierung der Eisen verarbeitenden Industrie dar. Die Textilindustrie war der zweite Produktionssektor, der sich sehr rasant entwickelte, und zwar auf Grund der finanziellen und wirtschaftlichen Ressourcen, die durch die erhöhte Produktivität in der Landwirtschaft zur Verfügung standen. Die Nachfrage nach Konsumgütern und der Export von Baumwollerzeugnissen regten die Mechanisierung des Textilsektors an. Es folgte der Übergang vom handwerklichen Gewerbe zur industriellen Produktion größeren Ausmaßes. Maschinen für das Spinnen von Baumwolle und anderen Fasern sowie für das Weben und Färben der Stoffe wurden in immer stärkerem Maße eingesetzt. Die Nachfrage nach Textilprodukten wurde zum entscheidenden Faktor für die Entwicklung der Technik der Dampfmaschinen, die jedoch nicht im 18., sondern erst im 19. Jahrhundert eine größere Rolle spielten.

Außer der Landwirtschaft, der Textil- und Metallindustrie und jenseits der Dampfmaschine waren noch verschiedene andere Sektoren vom technologischen Fortschritt betroffen. Eine nicht unerhebliche Auswirkung hatten die Innovationen auf die Herstellung von Keramik und Porzellan. Schifffahrt und Seehandel zogen Vorteile aus der Erfindung des Sextanten und des Schiffschronometers. Die Chemie und vor allem der Einsatz von Soda oder Natriumkarbonat beeinflussten viele Produktionsverfahren, ganz zu schweigen von der Gasbeleuchtung, den Vorläufern der Telekommunikation, den Fortschritten in der Medizin oder der Erfindung der Batterie.

6. Die Herstellung
Der Gegenstand wurde nicht mehr mit der Hand geformt, sondern mit Schablonen, die eine Standardisierung ermöglichten.

5. Ton und Wasser
Als Nächstes wurde Flint mit Ton und Wasser gemischt.

4. Das Sieben
Nach dem Mahlen wurde der Flint mit einem Leintuch gesiebt.

Zahlreiche dieser Erfindungen hatten ihren Ursprung außerhalb Großbritanniens.

Die Unternehmer

Ohne den Einsatz von Kapital, das heißt ohne die für den Kauf der Maschinen und der Rohstoffe nötigen Mittel, wäre der Übergang vom Handwerk zur Industrie nicht möglich gewesen, hätte keine Verlagerung der Tätigkeiten von der landwirtschaftlichen zur maschinengestützten, industriellen Arbeit stattgefunden.

Das Kapital für die industrielle Revolution stammte vor allem von den wohlhabenden Besitzern von Grund und Boden sowie von den reichen Kaufleuten, aber auch von den Handwerkern selbst, die Eisen- und Schmiedewerke schufen, Textilfabriken aufbauten und Bergwerke anlegten.

DIE ABSCHAFFUNG DER FEUDALRECHTE

Während der Sitzungen vom 4. und 11. August 1789 schaffte die Nationalversammlung, die in Frankreich nach Ausbruch der Revolution eingesetzt worden war, die feudalen Institutionen ab und bekräftigte die rechtliche und bürgerliche Gleichheit aller Staatsbürger.

Die Vertreter

Die französische Gesellschaft ernannte ihre Vertreter in der Nationalversammlung gemäß den drei Ständen: Adel, Klerus und Bürgertum – ein Stand, dessen Zahl größer war als die der anderen Stände.

Zu Anfang wurde nur wenig Kapital benötigt. Doch je mehr die Gewinnaussichten stiegen, umso zahlreicher wurden die Investoren. Es entstanden neue Probleme, da Gesetze und Gewohnheiten nicht mehr der Wirklichkeit entsprachen. Ein großer gesellschaftlicher Wandel setzte ein. Hecken umzäunten die Felder, dicke Mauern um die Fabriken pferchten Arbeiter und Arbeiterinnen, auch Kinder, auf ihrem Arbeitsplatz zusammen, um etwa die einzige zur Verfügung stehende Energiequelle besser zu nutzen oder um eine bessere Qualitätskontrolle oder höhere Leistungen zu erzielen.

Andernorts, in den englischen Kolonien in Amerika und in Paris, wo die Französische Revolution wütete, erschütterten zu dieser Zeit heftige Erneuerungsbewegungen die Gesellschaft.

Der Saal
Die Generalstände und später die Nationalversammlung traten in den ersten Zeiten der Revolution in Versailles zusammen.

Die Französische Revolution
Sie schaffte das wirtschaftliche und politische System ab, das Europa viele Jahrhunderte lang beherrscht hatte. Rechts: Eugène Delacroix, *Die Freiheit führt das Volk an*, 1830 (Paris, Louvre).

Das Stimmrecht
Bei den Abstimmungen wandte man das Prinzip »ein Mann, eine Stimme« an Stelle des lange praktizierten ständischen Stimmrechts an. Die neuen Bevölkerungsschichten machten somit von der Mehrheit Gebrauch, die sie besaßen.

Die moderne Wirtschaft

Die Bevölkerung der Erde nimmt ständig zu, das Leben hat sich verändert, die Lebenserwartung ist gestiegen, die Entfernungen sind geschrumpft. Doch das industrielle Zeitalter konnte weder verhindern, dass ungeheure Katastrophen über die Menschen kamen noch dass am Beginn des 21. Jahrhunderts ein Viertel der Menschheit in größter Armut lebt.

Produktion und Produktivität
Die industrielle Revolution bildete einen tiefen Einschnitt in der Geschichte der Menschheit. Mit ihr begann ein stürmisches Wachstum der Weltbevölkerung, die durchschnittliche Lebenserwartung hat sich erhöht, die große Sterblichkeit unter Neugeborenen konnte besiegt werden. Die wirtschaftliche Grundlage für diese Entwicklung war der enorme Anstieg der Produktion in allen Bereichen: Rohstoffe, Energiequellen, landwirtschaftliche und industrielle Güter. Bestimmend war dabei die Steigerung der Produktivität, das heißt die Verbesserung des Verhältnisses zwischen Produktion und Produktionsfaktoren wie Arbeit, Kapital, Rohstoffe, Energiequellen, Maschinen usw.

DIE ENERGIEQUELLEN
Nach der industriellen Revolution vermehrten sich die Energiequellen beträchtlich. Die wichtigsten sind: die Sonne, das Erdinnere, die Schwerkraft und die Atomkerne einiger Elemente.

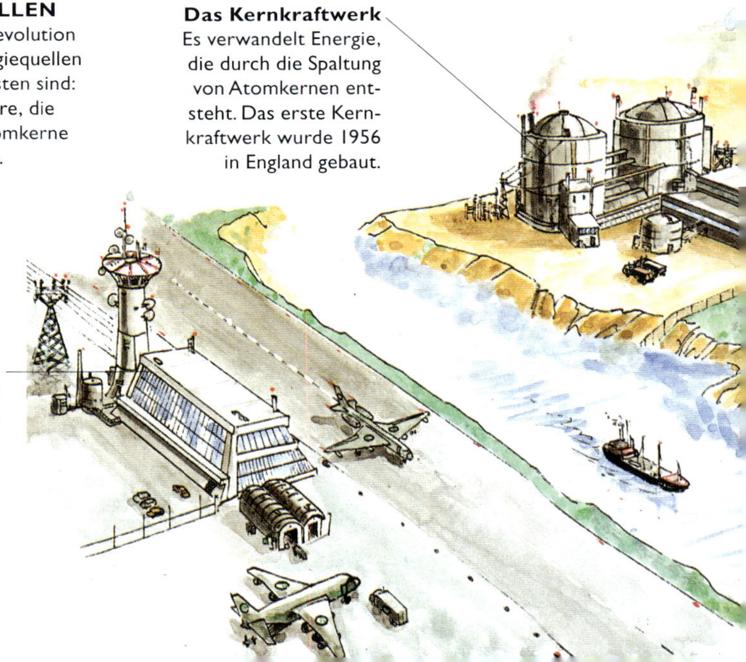

Das Kernkraftwerk
Es verwandelt Energie, die durch die Spaltung von Atomkernen entsteht. Das erste Kernkraftwerk wurde 1956 in England gebaut.

Die Brennstoffe
Bis zum 16. Jahrhundert war der wichtigste Brennstoff das Holz, das mit der industriellen Revolution durch Kohle ersetzt wurde. Erdöl und Erdgas sind die im 20. Jahrhundert am meisten verbreiteten Brennstoffe.

Benötigte man zum Beispiel im vorindustriellen Zeitalter zur Produktion einer Tonne Weizen noch 1800 Arbeitsstunden, so waren es 1840 in den Vereinigten Staaten 86 Stunden, im Jahr 1900 waren es vierzig und 1990 nur mehr zwei Arbeitsstunden. Von der Zeit vor der industriellen Revolution bis zum Jahr 1900 hat sich die Produktivität der menschlichen Arbeit um das 900-fache erhöht. Die Produktion ist so stark gestiegen, dass sich zum Beispiel die jährliche Erzeugung von Eisen zwischen 1700 und 1900 um das 2000-fache vervielfacht hat. Der Anstieg von Produktion und Produktivität hat natürlich auch tief greifende Umwälzungen in der Gesellschaft mit sich gebracht. Von der Neolithischen bis zur industriellen Revolution war die Mehrheit der Erdbevölkerung in der Landwirtschaft tätig gewesen. Der einsetzende enorme Anstieg der Produktivität in diesem Sektor, vor allem auf Grund der Einführung

Die Wärmekraftwerke
Das erste Wärmekraftwerk entstand 1882 in den Vereinigten Staaten. Diese Kraftwerke verwandeln die beim Verbrennen von Kohle entstehende Wärme in elektrische Energie.

Die Wasserkraftwerke
Sie sind die modernen Nachfahren der Wassermühlen. Die ersten entstanden gegen Ende des 19. Jahrhunderts.

Die geothermischen Kraftwerke
Seit Beginn des 20. Jahrhunderts nutzen sie die Erdwärme, die in heißen Quellen, Dämpfen und Fumarolen an die Erdoberfläche tritt.

Die Sonnenenergie
Die saubere und unerschöpfliche Energie der Sonne »einzupacken«, ist ein noch viel zu wenig genutztes Verfahren.

Die Windmühle
Zusammen mit dem Wasserrad war sie viele Jahrhunderte lang die einzige mechanische Energiequelle.

Der schwimmende Elektrogenerator
Zusammen mit dem Solarkraftwerk ist er eine der Möglichkeiten, saubere und erneuerbare Energiequellen zu nutzen, in diesem Fall die Wellenbewegungen des Meeres. Der erste schwimmende Generator wurde in den Sechzigerjahren in Frankreich gebaut.

von landwirtschaftlichen Maschinen, hat eine Steigerung der Produktion ermöglicht, sodass alle Nahrungsbedürfnisse der Menschen in der modernen Gesellschaft mehr als ausreichend befriedigt werden, während die Zahl der in der Landwirtschaft Beschäftigten immer weiter zurückgeht. Dies führte zu einer Abwanderung der Landbevölkerung in die Städte, deren Einwohnerzahl und Ausmaße gewaltig gewachsen sind. Vor der industriellen Revolution zählte keine Stadt mehr als eineinhalb Millionen Einwohner. 1995 hatte zum Beispiel Tokio mehr als 26 Millionen Einwohner. Doch mit der industriellen Revolution wurden auch die Unterschiede zwischen armen und reichen Ländern und dem jeweiligen Lebensstandard dieser Länder immer stärker. Als sich das Wirtschaftswachstum noch in bescheidenem Rahmen hielt, war auch die Kluft zwischen entwickelten und nicht entwickelten Gebieten gering. Das Bruttosozialprodukt (BSP), das ist die gesamte Produktion von Gütern und Dienstleistungen pro Einwohner, lag in England, dem am meisten industrialisierten Land, im Jahr 1860 um 230 Prozent über dem abgelegener, wenig entwickelter Länder; diese bildeten einen guten Teil der heutigen Dritten Welt, die Teile Afrikas, Asiens und Lateinamerikas umfasst. 1913 betrug diese Kluft bereits 440 Prozent und die Vereinigten Staaten von Amerika, inzwischen zum reichsten Land der Erde geworden, hatten ein BSP, das um 660 Prozent über dem der Dritten Welt lag. Am Ende des 20. Jahrhunderts beträgt der Unterschied zwischen armen und reichen Ländern 1100 Prozent. Betrachten wir jetzt die Ereignisse, die in den Jahrhunderten nach der industriellen Revolution zu diesem Ergebnis geführt haben.

Die Stahlindustrie
Sie produzierte die Materialien für eine neue Bauindustrie. Der erste nennenswerte Einsatz von Stahl für ein Bauwerk geschah 1885 in Chicago für das Home Insurance Building.

DIE WELTAUSSTELLUNGEN
In den von England und Frankreich im 19. Jahrhundert organisierten Weltausstellungen wurden die gewaltigen Neuerungen der Industrieproduktion der Weltöffentlichkeit vorgestellt.

Der Kristallpalast
In London fand in ihm 1861 die erste Weltausstellung statt. In dem riesigen Bauwerk aus Glas und Eisen wurden die besten Produkte der industriellen Revolution ausgestellt.

Die Neugierde
Die Londoner Bevölkerung interessierte sich außerordentlich für die künstlerischen und handwerklichen Neuheiten sowie für die Produkte ihrer Industrie. Königin Viktoria war davon begeistert. Eine Epoche des Fortschritts und Wohlstands schien zu beginnen.

Die Verbreitung der Industrie

In England hatten im 18. Jahrhundert die Entwicklung in der Landwirtschaft und die technologischen Innovationen den Grundstein für die industrielle Revolution gelegt. Im 19. Jahrhundert verbreitete sich die Industrie auch in allen Ländern Westeuropas. Einige Länder des Alten Kontinents hatten eine gewisse Erfahrung mit wirtschaftlichen Erscheinungen wie freie Arbeit, Sparneigung, Investitionsbereitschaft, Tradition im handwerklichen Gewerbe, Märkte und Transportmittel. In diesen Ländern – vor allem in Belgien, Frankreich und in gewissem Maß in der Schweiz – vollzog sich die Industrialisierung zuerst. Deutschland und einige Regionen der Donaumonarchie Österreich-Ungarn folgten, Italien, Spanien, Schweden und das Russische Reich waren die Letzten. Die Industrialisierung veränderte Europa tief greifend. In den Vereinigten Staaten und in Japan fand eine ähnlich rasche

Die Eisenbahn
Mit dem Zug erreichte die industrielle Revolution ihren Höhepunkt. Kosten und Zeiten für den Transport von Rohstoffen und Waren reduzierten sich erheblich. Die erste Eisenbahn fuhr am 15. September 1830 von Liverpool nach Manchester. Links: ein Druck aus dem 19. Jahrhundert mit einem Teil der Strecke.

Die Fabrik von Swindon
Hier stand in den Vierzigerjahren des 19. Jahrhunderts eine bedeutende Eisenbahnfabrik.

DIE DAMPFLOKOMOTIVEN

Sie waren eine Synthese der Technologie des 19. Jahrhunderts. Zwischen 1840 und 1870 wuchs das Schienennetz gewaltig: in Großbritannien von 2390 auf 21 588 Kilometer, in den Vereinigten Staaten von 4 510 auf 84 675 Kilometer, in Frankreich und Deutschland von jeweils etwa 400 auf über 15 000 Kilometer.

Industrialisierung statt. Die zunehmende Verkürzung der Transportzeiten und die beachtliche Senkung der Kosten im Waren- und Personentransfer über weite Strecken förderten die starken Emigrationsbewegungen nach Übersee und verstärkten die gegenseitige Abhängigkeit der Länder, die am Welthandel teilnahmen. Die britische Hauptstadt London war während des ganzen 19. Jahrhunderts in Wirtschaft, Handel und Finanzen die Hauptstadt der industrialisierten Welt.

Staat und Gesellschaft

Mit der Verbreitung der Industrialisierung wuchs auch die weltweite Bewegung von Kapital, vor allem für Investitionen in öffentliche Dienstleistungen wie Eisenbahnen, Häfen, Straßenbahnen, Wasserversorgung oder elektrische Anlagen. Die unglaubliche Fülle an Erfindungen, Innovationen und technologischen Anwendungen veränderte das Produktionswesen und das tägliche Leben der Bevölkerungen immer stärker.

GELD
Für den Eisenbahnbau wurden beträchtliche finanzielle Investitionen benötigt.

DIE WELT WIRD KLEINER
Durch die Dampfmaschinen schrumpften die Entfernungen zu Wasser und zu Lande. Ab dem Jahr 1888 verband der Orientexpress London und Paris mit Istanbul. Das Dampfschiff befuhr seit 1820 den Atlantik, der Einsatz von Segelschiffen war 1900 nahezu überholt.

Die Innovationen benötigten große Investitionen. Die Nachfrage nach Eisenbahnen und Beleuchtungssystemen verbreitete sich von Staat zu Staat, doch nur aus den entwickelten Ländern kam das einsatzbereite Kapital. So verstärkte sich die Internationalisierung der Wirtschaft. Im 18. Jahrhundert war in Großbritannien durch den Schotten Adam Smith (1723–1790) eine neue Wissenschaft entstanden: die Nationalökonomie. In seinem Werk *Der Reichtum der Nationen* von 1776 wies Smith dem Staat drei Aufgaben zu: die Verteidigung gegen Bedrohungen von außen, die innere Sicherheit sowie die Errichtung und den Unterhalt öffentlicher Einrichtungen. In der Praxis dehnten die Regierungen der westlichen Welt ihre Funktion auch auf die Kontrolle und Einschränkung der gewerkschaftlichen Organisationen aus, die sich in jener Zeit bildeten und die für bessere Arbeits- und Lebensbedingungen der Arbeiter kämpften. In der Epoche des so genannten Liberalismus verringerten die Staaten jedoch ihre Eingriffe in das Wirtschaftsleben des Landes. Sie erlaubten den freien Handel und vereinfachten auch das Steuerwesen. Die Investoren der Industrieländer konnten ihre Handels- und Industriegesellschaften frei organisieren, Versicherungsgesellschaften standen ihnen zur Verfügung wie effiziente Dienstleistungseinrichtungen für den Kapitaltransfer.

Die moderne Kolonialisierung

Durch die industrielle Revolution wurde Europa gegenüber dem Ausland in der Warenproduktion immer wettbewerbsfähiger, doch es benötigte eine wachsende Menge an Rohstoffen. Großbritannien stieg in dieser Zeit zur führenden Kolonialmacht auf.

LONDON

Im 19. Jahrhundert war Großbritannien das Land mit dem größten Kapitalexport und London das Zentrum der Dienstleistungen im Bereich von Finanzen, Handel und Versicherungen, deren sich die ganze Welt bediente.

Das englische Pfund

Es war die im Welthandel benützte Währung. Seit 1821 war sein Wert stabil und offiziell an das Gold gebunden.

Die Banken
Seit 1880 ersetzten wenige Großbanken mit Aktienkapital die kleineren Banken.

Die englische Marine
Ihre Leistungsfähigkeit war grundlegend für den Welthandel und brachte Großbritannien gewaltige Gewinne ein.

Die Londoner Börse
Der hohe Finanzbedarf der großen Handels- und Schifffahrtsgesellschaften machte eine Risikostreuung nötig. Dies geschah durch Aufteilung des Kapitals in Aktien und Investitionsanteile, die von jedem erworben werden konnten und deren Preis von Angebot und Nachfrage abhing.
Als die Industrie noch in ihren Anfängen steckte, existierte in London bereits eine Wertpapierbörse (zeitgenössischer Druck).

Das Bankakzept
Die englischen Banken streckten den Transportunternehmen den Betrag des Wertes der für die europäischen Importeure transportierten Ware vor. Die Importeure verpflichteten sich, nach Erhalt der Ware das Geld der Bank zurückzuzahlen.

AFRIKA

Als die Europäer im 16. Jahrhundert nach Afrika kamen, existierten dort blühende, große Reiche. Keimzelle der afrikanischen Gesellschaft war die Großfamilie, die in einem Dorf lebte und mehrere Generationen umfasste.

Die Kolonialisierung

Auf der Konferenz von Berlin im Jahr 1884 legten die europäischen Großmächte die Regeln für die Teilung fest. Auf der Landkarte sind die europäischen Besitzungen am Vorabend des Ersten Weltkrieges aufgeführt.

Die Gärten

Sie befanden sich innerhalb des Dorfes oder in seiner Nähe. Die Frauen bauten Bohnen, Kürbis, Spinat und Ähnliches an.

Die Behausungen

Sie waren Hütten, die aus miteinander verflochtenen Stielen der Hirse errichtet und mit Palmblättern gedeckt wurden.

Europäische Besitzungen

Italien	orange	Spanien	hellgrün
Portugal	olivbraun	Belgien	dunkelgrün
Frankreich	blau	Großbrit.	gelb
Andere	hellgrau	Deutschland	rot

Der Export von Industrieprodukten und der Import von tropischen Produkten und Rohstoffen wuchsen stark an. 1813 endete das Monopol der britischen Ostindienkompanie. Ihre Kaufleute hatten keine besonderen Bemühungen unternommen, um den Verkauf der Endprodukte der englischen Baumwollindustrie in Indien zu fördern, und sich darauf beschränkt, durch Aus- und Einfuhr die aktuelle Nachfrage der Märkte zu befriedigen. Die englischen Unternehmer dagegen wollten den Verkauf und die Exporte ihrer Erzeugnisse steigern und benötigten immer größere Mengen an Rohbaumwolle. Auf Druck der Unternehmer hin wurde die faktische Macht der Ostindienkompanie über Indien beendet und die Kontrolle ging direkt auf die Regierung des englischen Königs über. Dieses Beispiel des direkten Eingreifens eines Staates in die Angelegenheiten eines schwächeren Landes machte Schule und wurde als Mittel für eine militärische, politische und wirtschaftliche Kontrolle Asiens und Afrikas durch die europäischen Staaten angewendet. Selbst China gehörte schließlich – nach Jahrhunderten der völligen Abschottung - zur wirtschaftlichen Einflusszone der Europäer, Amerikaner und Japaner.

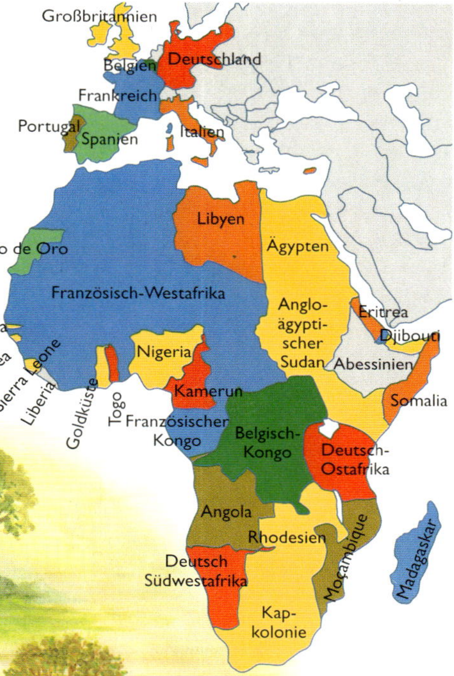

Gemeinschaftsland
Im nahen Umkreis des Dorfes wurde afrikanische Hirse angebaut, eine Getreidekulturpflanze. Weiter entfernt lagen die Weideflächen. Der Boden wurde mit der Hand bearbeitet, die Hacke war weit verbreitet.

Protektionismus und Krieg

Von 1870 bis 1914, als der Erste Weltkrieg ausbrach, beschränkten oder beendeten die Regierungen der Industriestaaten, auf Grund des Drucks ihrer Bürger, den Handel zwischen den reichen Ländern. Dies geschah in einer Epoche starker nationalistischer Tendenzen. Der Freihandel und der gegenseitige Wettbewerb hatten den größeren europäischen Landwirten vor allem durch die billigen Getreideimporte aus

NACH AMERIKA

Zu Beginn des 20. Jahrhunderts wurden durch die neuen Dampfturbinen die für den Personen- und Warenverkehr eingesetzten Ozeandampfer schneller und größer.

Die Börse von New York
Mit dem Ersten Weltkrieg und der für Europa daraus folgenden Wirtschaftskrise wurde die Börse von New York der wichtigste Finanzmarkt der Welt. Oben: die Börse von New York im Jahr 1899.

Die amerikanischen Exporte
Die Exporte von Halbfertig- und Endprodukten stiegen. Die Industrie der Vereinigten Staaten wies große Neuheiten in der Organisation der Arbeit auf. Die Arbeitsteilung wurde auch durch die Einführung des Fließbands verstärkt.

den Vereinigten Staaten wachsende Schwierigkeiten bereitet. Die Krise der europäischen Landwirtschaft hatte viele verarmte Europäer zur Auswanderung gezwungen. Auch die europäische Industrie steckte in Schwierigkeiten, vor allem auf Grund des Wettbewerbs und der sich daraus ergebenden sinkenden Preise. Die Landwirte und ein Teil der Unternehmer forderten von den Regierungen eine protektionistische Politik, welche die Importe ausländischer Waren beschränken sollte. Dies sollte mit Hilfe von Zöllen geschehen, die auf die ausländischen Waren erhoben wurden, wodurch diese teurer wurden als die einheimischen Produkte. Die westlichen Länder Europas erlebten während der Achtzigerjahre des 19. Jahrhunderts die erste große Wirtschaftskrise, die jedoch im Zeitalter der Elektrizität und des Stahls keine größeren sozialen Folgen nach sich zog. Zu Beginn des 20. Jahrhunderts erholte sich die Wirtschaft wieder, eine zweite industrielle Revolution betraf die Nachzügler unter den Ländern Europas. Die wirtschaftliche und industrielle Macht der Vereinigten Staaten wuchs und die zwischen den Europäern herrschende Rivalität führte zum Ersten Weltkrieg. Zum ersten Mal in der Geschichte der Menschheit waren 35 Staaten in einen mörderischen Krieg verwickelt, in dem 65,4 Millionen Soldaten kämpften und der 8,4 Millionen Menschen das Leben kostete. Doch war es der letzte Krieg, der noch die Zivilbevölkerung schonte. Die Folge dieses Krieges waren: die kommunistische Revolution im bevölkerungsreichsten und politisch und wirtschaftlich rückständigsten Land der industrialisierten Welt, Russland, und die Abschaffung des Goldstandards, das heißt des Systems, das den

Die Bevölkerung der USA
Im Jahr 1915 erreichte sie hundert Millionen. 15 Prozent davon waren im Ausland geboren, es waren vor allem die Europäer der damals letzten Einwanderungswelle.

Die Armut
Der ständige Zustrom der Bauern, die auf der Suche nach Arbeit in einer Fabrik vom Land in die Städte kamen, war die Ursache für die schwer wiegenden sozialen Probleme des vorindustriellen Russland. Auf dem Foto eine Armenküche in Sankt Petersburg.

DIE RUSSISCHE REVOLUTION

1917 führte die durch den Krieg entstandene gespannte soziale Lage im zaristischen Russland zu Aufruhr. Im Februar wurde der Zar gestürzt. Im Oktober übernahm die von Lenin geführte Bolschewistische Partei die Macht.

Lenin
(1879 – 1924). Er war ein Intellektueller, wie der größte Teil der Führer der Russischen Revolution, deren Ziel es war, die von Karl Marx entwickelten wirtschaftlichen Ideen zu realisieren.

Die Arbeiter
Für die Kommunisten sollten die ausgebeuteten Arbeiter die Protagonisten der neuen wirtschaftlichen Entwicklung werden.

Die Industrie
Die kommunistische Revolution ereignete sich in einem Land, dessen Industrie sehr rückständig war im Vergleich mit Großbritannien oder Deutschland, wo die sozialen Bedingungen für eine Revolution des Proletariats laut Marx sehr viel günstiger gewesen waren.

Das Heer
Viele Soldaten nahmen zusammen mit den Arbeitern an der Wahl der Obersten Sowjets (Räte) teil, die in den Städten die Regierungsgewalt ergriffen.

Wert einer Währung an die Menge Gold band, in die eine Einheit dieser Währung von jedem, der sie besaß, umgetauscht werden konnte.
Viele Jahrhunderte lang waren Silber und Gold das Material oder der Anhaltspunkt für den Wert der geprägten Münzen und der Banknoten gewesen. 1821 band England den Wert seiner Währung ausschließlich an Gold, auch wenn in vielen Ländern noch Silber verwendet wurde. Während des 19. Jahrhundert hatten die Entdeckungen neuer Gold- und Silberminen und der verbesserte Abbau des Silbers eine Wandlung im Preisverhältnis der beiden Währungsmetalle zu Gunsten des Goldes verursacht. Die Folge war, dass die Länder den Bimetallismus aufgaben und das Gold der Bezugspunkt für alle Währungen wurde. In dieser Zeit erreichten die Währungen der starken Länder ihre größte Stabilität. Nach der Abschaffung des Goldstandards begann eine Zeit der Unsicherheit und der ständigen Wechselkursschwankungen.

Die Weltwirtschaftskrise von 1929

Nach dem Ersten Weltkrieg verlangsamte sich die Produktionstätigkeit. Die Industrie stellte Konsumgüter her wie Radiogeräte und elektrische Haushaltsmaschinen, die nicht an die primären Bedürfnisse der privaten Haushalte wie Essen und Bekleidung gebunden waren. Beim Konsum zeigte sich eine große Kluft zwischen Europa und den Vereinigten Staaten, die auch auf dem Arbeitsmarkt bestand. In den USA war die Arbeitslosigkeit gering, in Europa hoch. Hier hatten einige Länder wie das besiegte Deutschland oder die UdSSR, wo ein grausamer Bürgerkrieg tobte und die unter der forcierten, raschen und heftigen Indus-

trialisierung litt, aber auch Großbritannien große Probleme. Besonders Deutschland verzeichnete eine hohe Inflationsrate, das heißt einen starken Preisanstieg über längere Zeit, der einen rapiden Kaufkraftschwund der Währung verursachte. Außerdem war Deutschland abhängig von amerikanischen Investitionen und Krediten. Das große Ungleichgewicht bei den Preisen und die Politik der Regierungen erschwerten den internationalen Handel. Im Oktober 1929 stürzten die Aktienkurse der Gesellschaften ins Bodenlose, die im Besitz der amerikanischen, von Provinzbanken gestützten Kapitalanleger waren. Die Folge davon waren schwindendes Vertrauen in die Wirtschaft, Rückgang der industriellen Investitionen und Arbeitslosigkeit. Auf Grund der engen wirtschaftlichen Beziehungen zwischen den Ländern herrschte die Krise bald weltweit. Amerikanisches Kapital stützte nicht länger die Wirtschaft fremder Länder wie Deutschland. Aus der tiefen Krise, in die dieses Land stürzte, erhob sich das Gespenst des Nationalsozialismus. Die Landwirtschaft und die Rohstoffmärkte steckten ebenfalls in einer Krise, da sie in der Nachkriegszeit zu einer Überproduktion geneigt hatten, wodurch die Preise verfielen. Die Preise für Tee und Weizen sanken um zwei Drittel, der Preis für Rohseide um drei Viertel. Die Volkswirtschaften von Ländern wie Argentinien, Australien, Ägypten, den Balkanländern, von Bolivien, Brasilien, Indien, Kuba, Mexiko und vielen anderen gerieten in eine schwere Krise. Die große Wirtschaftskrise der frühen Dreißigerjahre erschütterte das Vertrauen in die Fähigkeit des freien Marktes, sich selbst zu regulieren. Die UdSSR fuhr mit ihrer Politik fort und erhöhte von

DIE KRISE VON 1929
Im Zusammenhang mit einigen Spekulationen nahm am 29. Oktober 1929 eine dramatische Finanzkrise ihren Ausgang an der Börse von New York.

Die Unternehmer
Die übermäßige Produktion im Verhältnis zur Kaufkraft der Bevölkerung begründete die Strukturkrise von 1929.

Die Spekulanten
Die Aktien der börsennotierten Unternehmen sind in den Händen von drei Gruppen: 1) der großen Finanziers, der Finanzierungsgesellschaften und der Großbanken, die Mehrheitsanteile an den Gesellschaften besitzen; 2) der privaten Anleger; 3) der Spekulanten, die versuchen, aus jeder Kursschwankung Gewinne zu erzielen.

Die Ausländer
Die New Yorker Börse zog auch viele ausländische Investoren an. Der Kursverfall ihrer Aktien hatte Auswirkungen auf ihre Ersparnisse und auf das finanzielle Engagement Amerikas in der Welt.

Die Bankiers aus der Provinz
Sie hatten vielen privaten Anlegern Geld für eine Investition an der New Yorker Börse geliehen.

Die Investoren der Mittelschicht
Es gab zweifellos Fälle, in denen ganze Vermögen verloren wurden. Doch die Krise von 1929 traf auch Millionen privater Kleinanleger, die statt in Sachgüter wie ein Haus oder ein Grundstück in Aktien investiert hatten.

1929 bis 1940 ihren Anteil an der weltweiten Industrieproduktion von fünf auf achtzehn Prozent. In Ländern mit totalitären Regierungen wie Deutschland, Italien, Portugal und Spanien basierten die Volkswirtschaften auf der Kontrolle der Zentralgewalt und auf dem vom Staat erzwungenen sozialen Frieden. In der restlichen westlichen Welt wurde die Tradition des Freihandels, vor allem auf Anregung des englischen Wirtschaftswissenschaftlers John Maynard Keynes (1883 – 1946), heftig kritisiert. In den Vereinigten Staaten entstand der New Deal, ein Programm, das auf öffentlichen Arbeiten und auf sozialen und wirtschaftlichen Reformen basierte, mit denen Präsident Franklin Delano Roosevelt versuchte, der großen Wirtschaftskrise ein Ende zu bereiten.

Nach der Katastrophe

Vielleicht wäre keine Politik zur Unterstützung der Nachfrage nach Industrieprodukten ausreichend gewesen, um der Wirtschaft wieder die guten Gewinne der amerikanischen Zwanzigerjahre zu ermöglichen, hätten die Staaten nicht der Industrie zunehmend Rüstungsaufträge erteilt, um sich auf einen Krieg, den Zweiten Weltkrieg, vorzubereiten. Er dauerte von 1939 bis 1945 und war die bis dahin größte Katastrophe in der Geschichte der Menschheit. Nach dem Zweiten Weltkrieg erlebten – unter der wirtschaftlichen und politischen Einflussnahme der USA – Deutschland, Japan und Westeuropa mehr als zwanzig Jahre lang eine Entwicklung ohnegleichen in Landwirtschaft und Industrie sowie beim Durchschnittseinkommen der Bevölkerung. Viele Industrienationen hol-

DIE INTERESSEN VON MILITÄR UND INDUSTRIE

Seit 1900 bestand in den Industrieländern eine enge Zusammenarbeit und gegenseitige Abhängigkeit von Militär, Industrie und Politik.

Die Politiker

Nach 1945 veranlasste der Kalte Krieg zwischen den USA und der UdSSR die Politiker beider Seiten dazu, die Militärausgaben zu erhöhen.

Der Kalte Krieg als Geschäft
In den Jahren des Kalten Krieges verliehen die Rüstungsausgaben der amerikanischen Industrie neuen Aufschwung und das förderte das Einvernehmen zwischen Politikern, Unternehmern und Vertretern von Gewerkschaften und Militär.

Die sowjetische Industrie
Der Kalte Krieg war nicht nur ein Wettbewerb zweier wirtschaftlicher und ideologischer Systeme, sondern auch ein Wettlauf zwischen den jeweiligen Industrien. Die Sowjetunion verbrauchte einen großen Teil ihrer Ressourcen für militärische Ausgaben und für die Eroberung des Weltraums. Oben: eine Rakete des Typs Wostock.

Die Wissenschaftler
Viele Europäer emigrierten – aus politischen oder wissenschaftlichen Gründen – in die Vereinigten Staaten. Sich die Besten auszusuchen, war ein strategisches Ziel der amerikanischen Industrie.

Die Militärs
Heer, Marine und Luftwaffe waren immer daran interessiert, die wissenschaftliche Forschung und den Bau von immer besseren Kriegsinstrumentarium zu fördern.

ten ihren Rückstand auf und erreichten das Niveau des amerikanischen Vorbilds, das sie imitierten. Dazu kam eine Reform des Wirtschaftssystems, das nun ein so genanntes gemischtwirtschaftliches System war, das heißt Kontrolle und in manchen Fällen Planung der industriellen Tätigkeit durch die Regierungen. Das war der Fall in Frankreich, Italien, Japan und in Südkorea. Inzwischen steigerte die zunehmende Internationalisierung der Wirtschaft ihre Produktionskapazitäten, vor allem auf Grund des Handels mit Fertigprodukten zwischen den fortschrittlichsten Industrieländern. Der sozialistische Teil der Welt, vor allem Osteuropa unter der Kontrolle der UdSSR, praktizierte eine Planwirtschaft

DAS ZEITALTER DES GOLDES

Nach dem Zweiten Weltkrieg gab es überall auf der Welt einen wirtschaftlichen Aufschwung. Die Produktion von Nahrungsmitteln nahm zu, viele Länder industrialisierten sich, das Pro-Kopf-Einkommen stieg und die Weltbevölkerung wuchs.

Europa
Am 25. März 1957 unterzeichneten Belgien, Frankreich, Holland, Luxemburg, Italien und die Bundesrepublik Deutschland die Römischen Verträge zur Gründung des Gemeinsamen Europäischen Marktes

Nordamerika
Die Vereinigten Staaten förderten eine Handelsordnung, die auf dem freien Markt basierte. Aus den Tresoren der USA kamen die Dollar für den Wiederaufbau der ganzen Welt.

Südamerika
Der starke Industrialisierungsschub war der Grund, dass gewaltige Massen armer Menschen auf der Suche nach Arbeit in die Städte drängten. Diese Massen bilden die Grundlage für eine Machtform, die als Populismus bezeichnet wird.

und ersetzte Importe durch eine eigene Produktion. Die Schwerindustrie wurde auf Kosten des Privatkonsums gefördert, wodurch ein Lebensstandard geschaffen wurde, der niedriger war als der des Westens, ohne schwer wiegende soziale Ungleichheiten, aber auch ohne politische Freiheit. Zwischen 1946 und 1951 kam es zu zwei großen Umwälzungen in Asien: Im August 1947 erfolgte die Unabhängigkeit der ersten nach der industriellen Revolution entstandenen Kolonie, Indien, und 1949 der Übergang des bevölkerungsreichsten Landes der Welt, China, zum Kommunismus. Zwischen 1956 und 1963 bildeten sich in Schwarzafrika und in Nordafrika unabhängige afrikanische Staaten. In den Sechzigerjahren verlangsamten sich diese neu-

Osteuropa
Osteuropa bildete einen einzigen Block unter der Kontrolle der Sowjetunion. Der Schwerindustrie wurde große Bedeutung zugemessen.

China
Am 1. Oktober 1949, nach dem Sieg der Kommunisten in einem mehrere Jahrzehnte dauernden Bürgerkrieg, erfolgte die Gründung der Volksrepublik China. Die Wirtschaft wurde nach dem Beispiel der Sowjetunion kollektiviert.

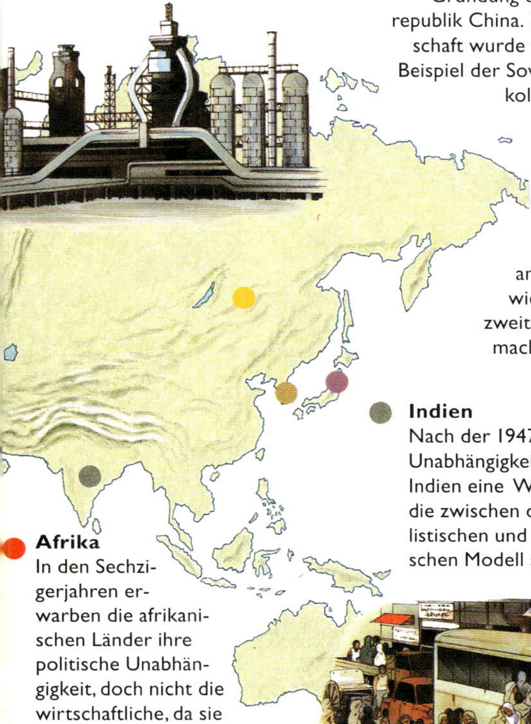

Japan
Obwohl im Zweiten Weltkrieg besiegt, konnte Japan seine Wirtschaft dank des amerikanischen Kapitals wieder aufbauen und zur zweiten industriellen Großmacht der Welt aufsteigen.

Indien
Nach der 1947 erworbenen Unabhängigkeit versuchte Indien eine Wirtschaftspolitik, die zwischen dem kapitalistischen und dem sozialistischen Modell steht.

Korea
Das Land ist seit 1951 in zwei Staaten geteilt, in den kommunistischen Norden und den kapitalistischen Süden. Der Norden folgte der chinesischen Politik, der Süden machte sich auf den Weg zum Wirtschaftswunder, das auch andere asiatische Staaten erfasste.

Afrika
In den Sechzigerjahren erwarben die afrikanischen Länder ihre politische Unabhängigkeit, doch nicht die wirtschaftliche, da sie weiter Rohstoffe und nicht Fertigprodukte exportieren.

en politischen Entwicklungen, während die Industrie im Osten wie im Westen eine neue Wachstumsperiode erfuhr, mit Vollbeschäftigung der Bevölkerung und zunehmender Macht der in Gewerkschaften organisierten Arbeiter. Gegen Ende der Sechzigerjahre kam es wieder zu wachsender Arbeitslosigkeit und zu neuer Inflation. Nach Meinung einiger Wirtschaftswissenschaftler hatte der technologische Fortschritt, der zwischen 1950 und 1970 die Produktivität gesteigert hatte, nun seine erneuernde und treibende Kraft erschöpft. Die Wirtschaft der Industrienationen befand sich erneut in einer äußerst schwierigen Phase, da die Produktivität weniger rasch stieg als die Produktionskosten und insbesondere die Lohnkosten.

Die Krise der letzten Jahre

Dann kam die Ölkrise. Die in der OPEC zusammengeschlossenen Erdöl produzierenden Länder beschlossen 1973 eine drastische Erhöhung des Erdölpreises, der eine zweite Erhöhung in den Jahren 1979/80 folgte. Die Zahlungsbilanzen der Industrieländer verschlechterten sich, das heißt das Verhältnis zwischen Käufen und Verkäufen, Ein- und Ausfuhren aus dem und in das Ausland. Man versuchte, dieser negativen Situation durch Importbeschränkungen Herr zu werden, und hob die Importzölle und Abgaben an. Als Folge erhöhte sich die Inflationsrate, doch zum ersten Mal in der Wirtschaftsgeschichte kam es zusammen mit der Steigerung der Inflationsrate zu einer Verlangsamung des Wirtschaftswachstums. Man prägte den Ausdruck »Stagflation« für diese Erscheinung, bei der sich alle Aspekte einer Preissteigerung und des daraus folgenden Kaufkraft-

BEGEGNUNGEN

In einer immer globaler werdenden Wirtschaft, wenn alles, was sich in einem Land ereignet, auch Auswirkungen auf andere Länder hat, ist es unvermeidlich, dass sich immer mächtigere wirtschaftliche und politische Strukturen herausbilden, welche die Grenzen der Nationalstaaten überschreiten.

Die Sieben Schwestern

Seit Ende der Zwanziger- bis hinein in die Siebzigerjahre wurde der Erdölmarkt durch eine stillschweigende Kartellabsprache zwischen den sieben größten internationalen Mineralölgesellschaften beherrscht. Diese Absprache ermöglichte den Gesellschaften eine absolute Vorherrschaft bei der Förderung, Verarbeitung und Verteilung des Erdöls.

Die Industrieländer

Vom 15. bis 17. November 1975 waren die Vertreter der sechs am stärksten industrialisierten Länder in Rambouillet bei Paris versammelt, um ihre Wirtschafts- und Finanzpolitik gegenseitig abzustimmen. Mit der Zeit wurde aus der G6 (Bundesrepublik Deutschland, Frankreich, Großbritannien, Italien, Japan und USA) eine G7 (mit Kanada) und in letzter Zeit eine G8 (mit Russland).

Die OPEC

Ein weiteres Kartell entstand 1960, die OPEC, die Organisation der Erdöl exportierenden Länder. Dazu gehörten am Anfang Irak, Iran, Kuweit, Saudi-Arabien und Venezuela. Das Ziel bestand darin, die Förderung von Rohöl zu kontrollieren und damit zu verhindern, dass sein Preis übermäßig fiel. Manchmal stimmten die Aktionen der OPEC mit der Politik der Sieben Schwestern überein, manchmal standen sie diesen entgegen.

schwundes mit wirtschaftlichem Stillstand verbinden. Die Reaktion vieler westlicher Regierungen auf diese neue Wirtschaftskrise folgte nicht der Theorie von Keynes, die auf Vollbeschäftigung zielt. Die Arbeitslosigkeit in den Industrieländern wurde eigenartigerweise als »strukturell« bezeichnet, das heißt als nicht an einen vorübergehenden wirtschaftlichen Faktor gebunden. Das Heilmittel für diese Krise wurde in einer monetaristischen Politik gesucht. Der im Umlauf befindlichen Geldmenge wurde somit eine grundlegende Bedeutung bei der Inflationsbekämpfung zugemessen und man war der Meinung, dass sich die Regierungen im Wesentlichen damit beschäftigen sollten, den Geldumlauf zu kontrollieren.

NEUE SZENARIEN

Einige Tendenzen der Menschheit im neuen Jahrhundert zeigen sich schon deutlich. Das Schicksal der Nationalstaaten scheint darin zu liegen, übernationalen Organisationen Platz zu machen, die in der Lage sind, den Notwendigkeiten einer immer bevölkerungsreicheren und hoch technisierten Welt gerecht zu werden.

Maastricht
Auf dem Gipfeltreffen vom 9. und 10. November 1991, auf dem unter anderem die Einführung des Euro beschlossen wurde, haben die Europäer vereinbart, eine gemeinsame Zukunft auch in der Politik anzustreben.

Der Euro
Am 1. Januar 1999 wurde der Euro geboren, die gemeinsame Währung von elf europäischen Staaten. Es geht darum, zusammen die riesigen Probleme anzupacken: die Jugendarbeitslosigkeit oder die Sicherung der Rente für alle, die das Ende ihres Arbeitslebens erreicht haben.

Auch die Zahlungsbilanzen der afrikanischen, asiatischen und lateinamerikanischen Staaten, die nicht zu den Erdöl exportierenden Ländern gehörten, verschlechterten sich. Außerdem erschwerten sich ihre allgemeinen wirtschaftlichen Bedingungen, an deren Entstehen auch der Westen beteiligt war, und zwar durch den von ihm propagierten Austausch von Industrieprodukten gegen Rohstoffe und durch eine Handelspolitik, mit der sich die nicht industrialisierten Länder hoch verschuldeten. 1989 kam es in Osteuropa zum Zusammenbruch des Kommunismus und damit begann eine weitere schwierige Periode für Wirtschaft und Gesellschaft in der ehemaligen UdSSR, deren Nachfolgestaaten sich in der GUS, der Gemeinschaft Unabhängiger

Immaterielle Güter
Im Zeitalter der wirtschaftlichen Globalisierung führt die Technologie dazu, dass der Wandel nicht nur immer mehr Waren, sondern auch immer mehr Dienstleistungen betrifft: von der Finanzwelt zum Fernsehen, von der Informatik zur Telekommunikation. Der weltweite Markt umfasst auch immer mehr immaterielle Güter.

Die Globalisierung der Produktion
In den letzten Jahren hat sich neben dem Handel auch die Produktion globalisiert. Die Tendenz geht dahin, die Produktionsstätten in die Länder oder Kontinente zu verlegen, in denen die Arbeitskraft weniger kostet. Kontrolle und Koordinierung liegen in den Händen der multinationalen Unternehmen.

DIE SCHWIERIGKEITEN

Auch wenn die neuen Technologien zweifellos große Vorteile mit sich gebracht haben, so wird doch das Ungleichgewicht zwischen den reichen Ländern des Nordens und den armen Ländern des Südens immer schwer wiegender und dramatischer.

Wasser, eine natürliche Ressource

Nach Meinung einiger Wissenschaftler wird die mögliche wirtschaftliche Ursache von Kriegen im 21. Jahrhundert nicht das Erdöl sein, sondern vielmehr das Wasser. Viele Länder verfügen nicht über ausreichende Wasserressourcen und sind für ihren Bedarf von anderen Ländern abhängig. Das Fehlen von ausreichend Wasser für die Weltbevölkerung ist ein Problem von dramatischer Aktualität.

Die Armut

Schwäche und Ungleichgewicht in den Industrienationen, die Ausbeutung der armen Länder durch die reichen, die Bevölkerungsexplosion und die beschränkten Rohstoffe sind die wichtigsten Ursachen für die Armut, die sich auf der Welt immer mehr verbreitet.

Staaten, zusammengeschlossen hatten. Immerhin waren in diesen Staaten nun die demokratischen Grundrechte abgesichert.

Globalisierung und Armut

In den letzten zwanzig Jahren des 19. Jahrhunderts wurde oft von wirtschaftlicher Globalisierung gesprochen, um den weltweiten Charakter der Wirtschaft zu verdeutlichen. Natürlich wird dabei auch betont, dass es den einzelnen Regierungen immer schwerer fällt, Erscheinungen zu kontrollieren, die aus wirtschaftlichen Entscheidungen und aus der Entwicklung ferner Märkte entstehen, die aber trotzdem Auswirkungen auf die Staaten und ihre Bevölkerungen haben. Es ist schwer zu unterscheiden, was an der Globalisierung der Wirtschaft neu ist und was nicht. Sicher ist es nötig, weiterreichende und zugleich anerkannte Regierungsformen zu finden, wie das die Europäer versuchen, indem sie der Europäischen Union größere wirtschaftliche und politische Macht gegenüber den Nationalstaaten verleihen. Doch das weltweit schwerwiegendste und deutlichste Problem ist das der extremen Armut, in der rund eineinhalb Milliarden Menschen, das sind 25 Prozent der Weltbevölkerung, leben. Dabei gilt in den offiziellen Statistiken nur derjenige als arm, der nicht mehr als einen Dollar pro Tag zum Leben hat.

Der weitere Verlauf der Geschichte der Weltwirtschaft wird zeigen, ob die internationale Staatengemeinschaft sich der großen Herausforderung des neuen Jahrtausends stellen wird: der Beseitigung von Hunger, Armut und Elend auf dem friedlichen Weg der Entwicklung eigenständiger und funktionsfähiger Marktwirtschaften auch in den ärmsten Ländern der Welt.

Die Entwicklung der Bevölkerung
Den reichen Ländern mit schwindender Bevölkerungszahl steht eine arme Dritte Welt gegenüber, deren Bevölkerung rapide zunimmt. Die europäischen und nordamerikanischen Städte werden in Zukunft immer häufiger mit dem Phänomen der Immigration konfrontiert werden, das nicht unerhebliche kulturelle und politische Folgen nach sich ziehen wird. Nach Meinung einiger Experten stellt die Immigration eine Möglichkeit dar, die durch den Rückgang der Bevölkerung entstehenden Lücken auszugleichen.

Register

Fette Zahlen verweisen auf die Bildlegenden

U

V

W

Y

Z

Bildnachweis

Die in diesem Band enthaltenen Illustrationen entstanden im Auftrag des Verlags DoGi S.p.A., der auch die Rechte daran hält.

Illustrationen:
Archiv DoGi 10 f. (Esel, Rind, Kaninchen, Lama, Schaf, Fisch, Yak), Giuseppe Ardu 80 f., 102 f.; Giovanni Ballati 54 f., 60 f., 92 f., 94 f.; Alessandro Bartolozzi 8 f., 10 f. (Landkarte); Mirko Benedetti 20 f., 30 f., 96 f.; Manuela Cappon 38 f., 48 f., 62 f.; Lorenzo Cecchi 114-117; Matteo Chesi 14 f., 18 f., 36 f., 40 f., 46 f., 56 f., 74 f., 86 f., 88 f.; Piergiorgio Citterio 22 f., 70 f., 72 f., 90 f.; Mario Cossu 32-35, 79, 100 f., 104 f., 110 f.; Luciano Crovato und Gianni Mazzuleni 9 (Dromedar); Gian Paolo Faleschini 6, 7, 10 (Ziege und Schwein); Giacinto Gaudenzi 10 u.l.; Inklink Firenze 10 (Truthahn), 11 (Büffel, Henne, Rentier), 24 f., 26 f.; Francesco Lo Bello 58 f.; Alessandro Menchi 68 f., 82 f., 98 f., 106 f., 108 f., 112 f.; Alessandro Poluzzi 64 - 67; Sandro Rabatti 11 (Pferd), 76 - 78; Andrea Ricciardi 50 f., 77 u.r.; Claudia Saraceni 8 f. (Szenen), 12 f., 16 f., 42 f.; Sergio 84 f.; Giacomo Soriani 28 f.; Thomas Troyer 52 f., 60 o.

Reproduktionen und Dokumente:
Ägyptisches Museum, Kairo 18; Archäologisches Museum, Athen 22; Archiv Credito Italiano 30; Archiv DoGi, Florenz 26, 33, 114 m.l., 119 o.; Archiv DoGi (Mario Quattrone), Florenz 48; Archiv für Film- und Fotodokumentation, Sankt Petersburg 108; Archiv Giunti, Florenz 118 o.; Archiv IGDA, Mailand 48; Archiv für Kunst und Geschichte, Berlin 70; Archiv Scala, Florenz 423, 44 r.; The Bettmann Archive/Photothèque Hachette 106; Biblioteca Laurenziana, Florenz 78; Bibliothèque nationale, Paris 45 o.l., 45 r., 95.; British Museum, London 34; Citroën, Frankreich 119 u.; Colorific!, London 59; G. Costa 100; Deutsches Architekturmuseum 98; L'Erma di Bretschneider 38 f.; R. Hanoune 41; Alan Hutchinson 120 f.u.; Kyoto National Museum 63; London County Council, Centenary of London's Main Draingage, 1855 - 1955, S.10; Museum der Verbotenen Stadt, Peking 64; Nasa (Foto) 113; National Geographic Society 87; Olympia, Publifoto 118 u., 120 l.; A. Rorelli 55; SIE Roma/R. Gasperon 120 f.o.; Staples Press, London 89.

Computer-Bearbeitungen:
Sansai Zappini 28 u.l., 43, 61, 84, 105, 117 o., m.

InfOMNIBUS

bringt die grossen Themen der Menschheit –
in spannenden Texten und bis ins Detail genauen Illustrationen.

Sommer 2000

Die Geschichte der Griechen
ISBN 3-570-20740-4

Die Geschichte der Entdecker
ISBN 3-570-20741-2

Die Geschichte der Wirtschaft
ISBN 3-570-20742-0

Die Geschichte der Ägypter
ISBN 3-570-20743-9

Die Geschichte des 20. Jahrhunderts
ISBN 3-570-20744-7

Die Geschichte der Technik
ISBN 3-570-20745-5

Dezember 2000

Die Regeln der Natur
ISBN 3-570-20746-3

Die Geschichte der Renaissance
ISBN 3-570-20747-1

Das Weltall
ISBN 3-570-20748-X

Die Entwicklung des Lebens
ISBN 3-570-20749-8

Die Vorgeschichte
ISBN 3-570-20750-1

Der Islam
ISBN 3-570-20751-X

Weitere Bände sind in Vorbereitung.

Jeder Band ist eine deutsche Erstausgabe,
durchgehend mit farbigen Abbildungen, 128 Seiten.